ティト・アプリコット
職業：魔王
ティナ・アプリコット
職業：マジシャン

ヒロキ
ルーシャ
characters

アナ
アグリル
ダイア
ティナ
フロイツ
ルリ
レン

「——いい勝負になんてならないよ。
私と花雫が、一撃で終わらせるから！」

完全回避ヒーラーの軌跡 5

Punichan
ぷにちゃん

contents

1 潮風のダンジョン

俺たちは今、乗合馬車に揺られながら、タンジェリン大陸へ行くための船が出ている『サウザス王国』に向かっている。

景色はあまり変わることのない草原。この世界に来た当初はその大自然にもわくわくしたが、今では変わらない風景にすっかり慣れてしまった。

最初は尻が痛くなっていた馬車も、クッションを使っていることもありだいぶ慣れてきた。気づけばガタガタ道でも寝られるようになっていて、逆にルーシャに感心されるほど。

今回の旅は少し賑《にぎ》やかで、道中に寝てしまうのも少しもったいないような気はする。でも、どうしても昼寝をしたいという欲求は襲ってくるわけで……。

ああ、やっぱりこのまま寝るのもいいかもしれない。

「ヒロキさん、次の国は蜂蜜を使った料理が有名らしいですよ」

「……へぇ、美味《おい》しいものがたくさんありそうだな」

うとうと眠りに落ちようとしていたら、隣に座っていたティナが話しかけてきた。その楽しそうな様子に、俺の眠気はどこかへ飛んでいく。

この世界はスポーツやゲームなどがあまりなく、美味しい食事は娯楽としても貴重だ。……まあ、俺からしたら冒険が一番の娯楽なんだけど。

そう考えて、内心で苦笑する。

「それもいいけど、三〇階層のダンジョンが街のすぐ近くにあるからそこにも行きたい！」

次に「はいはい」と手を上げて話しかけてきたのは、相方のルーシャだ。

「三〇階層もあったら、レアなアイテムがありそうだな」

「でしょ？」

ここまでご飯より断然冒険派なのは、いっそ清々《すがすが》しい。

ルーシャはティナと違って、ダンジョンに行ってレベル上げや装備を整えるために素材を集めたいのだろう。実際、これからタンジェリン大陸に行き、腕のいい弓の鍛冶師にルーシャの武器を新しく作ってもらう予定もある。


女子力というより漢前《おとこまえ》！　俺のパートナー、ルーシャ・プラム。

ぱっちりとしたパールピンクの瞳に、蜂蜜色の髪。普段から明るくて、この世界に疎い俺にいろいろと常識や文字を教えてくれる。

性格は漢前だけれど、髪をピンクのリボンで結んでいる可愛《かわい》らしい女の子だ。緑系統の服装で、いつも笑顔で俺のことを引っ張ってくれている。

エルフのアーチャーなのだけれど……そのステータスは攻撃力に極振りだ。威力は十分なのだが、命中力がとても低い。まあ、その分一撃必殺は爽快だ。

そして蜂蜜料理を楽しみにしているのは、マジシャンのティナ。

俺がこの異世界に来て、最初に知り合った異世界人。

短い水色の髪を二つに結んだ、一三歳の女の子だ。穏やかな性格だけれど、冒険者として頑張って依頼をこなしレベル上げをしている。

今回は縁があって、船の出ているサウザス王国まで一緒に行く予定だ。


ルーシャの言葉を聞いて、ティナも「私も行きたいです！」と手を上げた。蜂蜜の話題よりも、今はダンジョンがいいらしい。

「浅い階層は、初心者も多いみたいです。弱い魔物がいるので、階層を進みながらレベル上げをしていくのがいいみたいで」

ティナは自分で調べていたことを、俺たちに教えてくれる。

「そうなんだ。それなら、みんなで行けていいね！　楽しみだね、ティナちゃん」

「はいっ！」

二人が楽しそうに話しているのは、なんだか見ててとても和む。女の子が二人いると、パーティもやっぱり華やかだ。

ちなみに、乗合馬車は一列に三席あり、それが三列あるかたちだ。俺がルーシャとティナに挟まれて、そのすぐ後ろの席でフロイツとダイアが寝ている。

そんな二人を見ながら、ぐぐっと伸びをする。

ダンジョンを楽しみにしている俺、桜井広希《さくらいひろき》。

日本からこの世界に召喚されて、帰るための方法を探している最中だ。今は一緒にいないが、ほかに二人、召喚された仲間がいる。

俺の職業はプリーストで、人間としては珍しいらしい。

それもあって、プリーストの下位職であるヒーラーだと偽っている。スタイルは敵の攻撃を避《よ》ける回避ヒーラーで、支援はもちろん前衛を務めることも可能だ。

「とりあえず街に着いたら宿をとって、その後にダンジョンだな」

「冒険者ギルドで、そのダンジョンでできる依頼があったら一緒に受けたいです」

「一石二鳥になっていいな、それ」

今後の流れを確認すると、ティナが依頼を受けるために冒険者ギルドに行きたいと告げた。もちろん俺も情報収集のために行くので、すぐに了承する。

そしてふと、あまり依頼をこなしていないなということに気づく。

「俺たちって、ダンジョン攻略するばっかりで今までまったくギルドの依頼を受けてないな」

「そういえばそうだね。ヒロキと組む前はいつも依頼を受けてたけど……なんだかんだで、やらなきゃいけないことも多かったしね」

「そうだなぁ……」

この世界に来てから、俺を召喚した国王関連でごたごたがいろいろとあった。

それに時間を使ったことも大きいし、ダンジョン攻略に夢中になっていてギルドの依頼はあまり見ていなかった……ということもある。

久しぶりに何か依頼を受けてみるのもいいかもしれないな。ギルドの人と仲良くなれば、いろいろな情報をもらいやすくなるかもしれないし……。

「ティナちゃんはこつこつ頑張って偉いね」

「いえ、私はルーシャさんみたいに強くないですから……」

「そんなことないよ。頑張って鍛えてれば絶対に強くなるもん。私がティナちゃんより強いのはほら、あれだよ、年齢差的な」

ルーシャは自分の方が年上だからティナより強いのは当然だというスタンスのようだ。

とはいっても、ルーシャの方が数歳上っていうくらいだろうから、あんまり変わらない気もするけどな……。

「ヒロキ、やっぱり私たちも見習ってギルドに貢献するのも必要かもよ？」

「だな。いつも情報ばっかりもらって依頼を受けないと、印象が悪くなりそうだし……」

次の街に着いたら、何かダンジョンでこなせる依頼を受けることに決める。情報だけ持っていかないでください！　なんて受付で言われてしまったら大変だ。

「ヒロキさんとルーシャさんなら、どんな依頼でも受けられそうですね」

「ティナ、それは過大評価だよ」

まあ確かに大抵の依頼は受けられるかもしれないが、支援と弓のペアパーティ。それを考えると、二人だと厳しいものや、ほかの職がいた方がいいこともある。

薬草採取だけならいいけど、魔物の貴重な部位だけを持ち帰る……とかだと難しいだろうな。ルーシャの弓だと、その部分を外して魔物を倒すのが大変そうだ。

護衛の依頼とかもお金持ちや地位のある人とコネができてよさそうではあるけれど、二人では人数的に心もとない。

うん、やっぱり難しい依頼も多いな。

「俺としては、魔物の討伐っていう単純明快な方が楽でいいかもしれないなぁ」

「それは私も賛成！」

「すごく大量に魔物を狩ってきそうですね」

どんな依頼を受けるか話していると、ティナがぼそりと呟《つぶや》いた。しかし否定……できなかったので、俺はあははと笑って誤魔化《ごまか》した……。

◆　◆　◆

それから数時間ほどで、目的の国へ着いた。

中に入ると、港街ということもあって潮の匂いがする。基本的にリア充ではなかったので、海はすごく久しぶりだ。

海岸沿いに作られた街は活気があり、すぐ近くには森や小舟で行けるダンジョンもある。

異世界の海は綺麗《きれい》そうなイメージがあるけど、魚と一緒に魔物も泳いでたりするのか？　それだと、海水浴なんてできないだろうなと思う。

網で囲って泳ぐ場所を確保することはできるだろうけれど、なんだか味気ない。

乗っていた馬車が停留所に停《と》まり、やっと降りられることが嬉《うれ》しい。馬車の長旅は体が痛くなるからな……。

「ふあああぁ、おお～到着か！」

「眠い……」

馬車の中で寝ていたフロイツも起きて、降りて背伸びをしている。どうやら体がかなり固まってしまったらしい。

そりゃあんだけぐーすか寝てたらかちこちになってるだろうよ。

ダイアも目を擦《こす》りながら、馬車から降りてきた。

俺はその様子に苦笑しつつ、二人に声をかける。

「おはよう。フロイツ、ダイア」

「おお。この国に来るのは初めてだが、活気があっていいな」

フロイツが言う通り、街の入り口すぐから多くの人がいて賑わっていた。街の入り口近くには蜂蜜の土産店があり、観光客を狙い撃ちしている。

街のマップが描かれた看板を見ると、海に面している側では魚介類が多く取り扱われていて、入り口付近では蜂蜜を扱う店が多いようだ。

「はよ。馬車で休んだし、ギルドかダンジョンにでも行きたいな」

ダイアは寝て体力を回復していたようだ。あの揺れだから、最初のころはいっそ乗るたびに体力を奪われていたけどな……！

フロイツが蜂蜜店を見ながら、「甘い匂いがするな」と鼻をふんふんしている。

「蜂蜜はタンジェリンから仕入れてるらしいぞ」

「あ、そうなのか」

海に面しているのになんで蜂蜜？　と思っていたけれど、ちゃんと理由があったようだ。

「となると、今日は蜂蜜酒なんかがいいかもしれねぇな〜」

「もう飲む話かよ、フロイツ！」

「いやいや、大事なことだぞ？」

「まったく……」

蜂蜜酒と浮かれているのは、ティナとダイアの保護者をしているフロイツ。

俺がこの世界に来てから、とてもよくしてくれた人だ。パーティに入れてくれて、一緒に狩りをしたこともある。

剣を使うナイトで、面倒見がいい。ただ、酒好きですぐに酔っぱらってしまってティナに面倒を見てもらっていることもしばしば。

そしてもう一人は、同じくナイトのダイアだ。

ティナと二人でパーティを組んで依頼を受けていることが多い。前衛のダイアと後衛のティナは、パーティとしても相性がいい。まだ駆け出しで、フロイツに剣を習っている。

最初は回避ヒーラーである俺のスタイルが苦手だったみたいだけど、最近は連携も上手《うま》く取れるようになってきた。


俺たち男三人で話をしていると、ルーシャとティナが乗合馬車の人と何か話していることに気づく。どうしたんだろう。

「何かあったのかな？」

「ん？　美味《うま》い酒の宿でも聞いてくれてんのかな？」

「フロイツはそればっかりだな」

まあ、長時間の馬車だったから休みたい気持ちはよくわかる。

そうしているうちに、ルーシャとティナは話が終わったようでこっちに戻ってきた。二人ともキラキラした笑顔で、何かいいことがあったみたいだ。

「ヒロキ、冒険者ギルドの場所教えてもらったよ」

「ここからすぐのところにあるみたいです。歩いて五分もかかりませんね」

美味しいレストランとか、可愛い雑貨のお店とか、そういったものかな～と考えていた俺が間違っていたみたいだ。

俺たちがまずすることは、冒険者ギルドに行って情報収集と依頼の確認だ。オーケーわかってる、ちょっと休憩したいな……なんて、俺は微塵《みじん》も思ってはいなかった。

「んじゃ、依頼を見に冒険者ギルドに行くか」

「「「おー！」」」

俺が声をかけると、全員がいい返事をしてくれた。

冒険者ギルドは特別な鉱石で造られており、ちょっとした魔物の襲撃があっても耐えられるように設計されている。黒い鉱石はまるで山のようで、見ているだけで威圧されそうだ。

多くの冒険者たちが出入りしていることから、この街にはたくさんの依頼があることがわかる。

着いてすぐに確認したのは、依頼のある掲示板だ。

受けたい依頼を見つけたらカウンターへ行き、手続きを行うという流れになる。自分にどんな依頼が合うかわからない場合は、受付で相談することも可能。

俺はこの世界の文字は読み書きができなかったのだが、ルーシャに教えてもらい読みはほとんどできるようになった。

難しい内容は厳しいけれど、食事のメニューやギルドの依頼であれば完璧だ。勉強は好きではなかったけれど、意外にやればできるもんだ。

「う〜ん、魔物討伐の依頼があるといいんだけど……」

ルーシャが掲示板を見ながら、何かいい依頼はないか探している。俺も隣に行って、どんな依頼があるのか確認していく。

初心者向けは鉄板の薬草採取から、スライムの討伐。ちょっとレベルが上がると、ウルフなど動物系の魔物の討伐依頼があるようだ。

俺とルーシャはもっと強い魔物の討伐がよさそうだな……。

「ティナたちはよさそうなのあったか？」

「ん〜……戦ったことのない魔物討伐の依頼を受けるのは、少し不安ですね」

「そうか？　俺たちだってレベルは上がってきてるし、いけると思うけどなぁ」

「ダイアはもう少し慎重に考えてよ……」

どうやら二人の間で若干意見が割れているようだ。

「ヒロキ、私たちはどうしようか？　何かよさそうなのあった？」

「ん〜、俺もまだ悩み中」

ルーシャの問いに、俺は首を振る。いざ依頼を受けるとなると、どれがいいかいろいろと悩んでしまう。

……これがゲームだったら全部受けるんだけどなぁ。さすがに現実世界では時間的にもそんな無《む》茶《ちゃ》はできないので、吟味するしかない。

俺とルーシャはティナたちとレベル差があるため、基本的に依頼は別々に行う。ティナはダイアと、俺はルーシャと一緒に依頼を受ける。

ティナが討伐の依頼を見ながら、むむむーと顔をしかめた。苦手な魔物の討伐依頼でもあったかな？　そう思って覗《のぞ》き込むと……ああ、そういうことか。

「海が近いからか、水属性の魔物が多いのか」

「はい、そうなんです。私の得意スキルはファイアーなのに、どうしよう」

ティナはいつもファイアーのスキルを使っているから、多分ほかの属性スキルを使えないんだろうな。たいていの魔物は火でどうにかなりそうだけど、水属性ばかりは難しい。

悩んでいると、横にいたダイアが「そうだよな」と頷《うなず》いた。

「やっぱり俺たちもダンジョンを制覇して、『スキル獲得の書』を手に入れないとだな」

新しいスキルを得れば、違う属性の魔法スキルを覚えられる確率は高い。確かに、ティナとダイアはそろそろスキルを増やしていくことに重点を置いてもいいかもしれない。

スキル獲得の書は、ダンジョンのボス部屋の次の部屋にある宝箱から出てくることがある。レア度が数段階あるけれど、一番安くても一〇万ロトとお高いのだ。

ティナは悩みながら掲示板を睨《にら》み、依頼書の一つを手に取った。

「ダンジョンに生えてる海藻採取があるから、これはどうかな？」

「ああ、それなら魔物を倒すより確実だな。討伐依頼は、ダンジョンの様子を見て受けたらいいもんな」

「うんっ！」

どうやら二人は話がまとまったようだ。

さて、俺とルーシャはどうしようか。……と思ったら、すでにルーシャが一つの依頼書を手にしていた。

「これにしようと思います！」

じゃっじゃーんと効果音がついていてもおかしくないくらい、ルーシャは嬉しそうに依頼書を見せてくれた。

こんなの断れるわけないだろ……。俺は間髪を入れずに了承したのだった。

◆◆◆

「わっ、魚がいっぱい泳いでる！　ヒロキさん、見てください〜！　こっちです、こっち！」

「すご……っ、カラフルだな」

ティナが嬉しそうに海面を見て、ちょっとした船の旅を楽しんでいる。

冒険者ギルドで依頼を受けた俺たちは、『潮風のダンジョン』へ向かっている最中だ。ここで受けた依頼を遂行することができる。

潮風のダンジョンは海に浮かぶ小島にあって、船でなければ移動することができない。船はギルドが管理しているものがあり、冒険者カードを見せると無料で乗ることができる。

低層では初心者が、中層以降は上級者が狩りをできる人気のダンジョンだという。今も、船にはダンジョンに行く冒険者たちが何人も乗っている。


潮風が気持ちよくて、船の手すりに寄りかかりながらのほほんと海へ目を向ける。

時間はお昼過ぎとダンジョンに行くには遅い時間だけれど、少し狩りをして街へ戻っても問題はないので気楽だ。

「ねぇねぇヒロキ」

「ん？　どうしたんだルーシャ」

「今日は何層まで行く？　変に引き返すと疲れちゃうから、ダンジョンで野宿になるかなって」

あ～～……なるほど。

俺としてはダンジョンの様子を見て、また明日来ればいいかと思っていたけれど……らんらんと輝くルーシャの目がダンジョン攻略をしたいと訴えかけてくる。

ルーシャは元から帰るつもりはなかったようだ。

腕を組みながらどうするか考えつつも、俺の答えなんて一つしかない。

「わかった。今日は行けるところまで行って、ダンジョン内の野宿でいいよ。ただ……疲れてるから無理は禁止な」

「ん、わかった！」

俺が了承すると、ルーシャはぱぁっと顔をほころばせる。こんな反応されて、駄目と言える男がいるだろうか。いやいない。

「ふふ、楽しみだなぁ。素材も欲しいし、鳥の魔物もいれば一石二鳥だけど……海にあるダンジョンだと難しいかな？」

「そうだな……海があるから、水場になってる可能性は高いと思う」

森の中にあるダンジョンなら動物も出てきただろうけど、海のダンジョンだと魚の魔物が多いだろうなと考える。

「お、目的の小島が見えたぞ！」

フロイツが声をあげて、前を指差した。

「うわ、近くで見ると思ったよりも大きいんだな」

ちょっとした無人島と言ってもいいかもしれない。島には簡単な建物があり、休憩所を兼ねた道具屋になっているみたいだ。

「低階層での狩りなら、外に出て休憩するのもよさそうだな。ティナとダイアは無理しないで、疲れたら外まで戻って休むといいぞ」

「うん、そうするね」

「不慣れなダンジョンにいるときは、自分で思ってるより疲れが溜《た》まるからな」

フロイツがティナとダイアに無理しないよう注意しているのを見て、ここ最近で一番保護者らしいなと苦笑する。

「ヒロキとルーシャは……そうだな、好きなように進めばいいんじゃないか？」

「ちょ、雑……」

「だってお前ら強いからな～。もう俺がアドバイスすることなんてないっつーの」

じゃんじゃん魔物を倒してくださいと、フロイツがおちょくってくる。まあ、確かに言われなくてもこのダンジョンのボスも倒すつもりだけどさ。

「んじゃまあ、潮風のダンジョンに行きますか」

俺たちは船を降りて、さっそくダンジョンへ向かった。


小島にある入江の洞窟が、ダンジョンの入り口になっていた。

潮流がそのまま流れ込んでいて、ダンジョンの中にちょっとした川のような流れができている。

魔物のほかには、小さなカニや魚の姿を見ることができた。

海辺と、奥に行くと陸にいる魔物も生息している。特殊な点といえば、採取できるのが薬草ではなく海藻というところだろうか。食べると美味いらしい。

……魚を捕まえられたら、ダンジョン内で自給自足ができそうだ。……なんてことが脳裏をよぎるけれど、さすがにダンジョンに住むつもりはない。

ちなみに、馬車の中で話していたダンジョンがここで、三〇階層ある。

ダンジョン内はとても広く、入ってすぐは大勢の冒険者たちがいたが、それも見えなくなった。

「ん、ファイアー！」

ティナが魔法スキルで、魔物に攻撃をする。

いつも使っている炎の魔法スキルで、その攻撃対象はヤドカリンという見た目がヤドカリの魔物だ。水属性の魔物なので効きづらいが、そこは前衛のダイアが剣でとどめを刺して倒すというナイス連携プレー。

俺とルーシャとフロイツは、そんな二人の後ろを歩きついていく。

「ティナとダイア、もう連携もバッチリだね。いいパーティになってる！」

嬉しそうに言うルーシャに、フロイツがどや顔で頷いた。二人に指導していたから、自分の教えがいいのだと鼻を高くしている。

実際、フロイツは冒険者としての経験もあるし、面倒見もいい。

……が、放置して自分は酒場で飲んでいるということも少なくはない。一緒にダンジョンに行けば、頼りにはなるんだけどなぁ。

俺がフロイツと出会ったのは、この世界に召喚され、王城から出てすぐのことだった。

この世界に疎い俺に冒険者ギルドのことを教えてくれたり、さらにはダンジョンで魔物から麻痺《まひ》スキルを喰《く》らって動けなくなっているところまで助けてくれた。

その後は、フロイツたちと初めてパーティを組んだ。どこにも回避ヒーラーを受け入れてくれるパーティがなかったので、かなり嬉しかったのを覚えている。

「あいつらは海藻の採取を受けてたけど、お前たちはなんの依頼を受けたんだ？」

フロイツに問いかけられて、俺は「ああ……」とルーシャを見る。

今回受ける依頼を決めたのは、ルーシャだ。

「ブルードッグの素材採取です！」

「へぇ……そりゃあ、気合が入るな。何階層に出るんだ？」

ぐっと拳を握りしめるルーシャに、フロイツが詳細を聞く。俺もちらっとしか依頼内容を見ていないので、一緒に確認する。

「ここの一〇階層です。だからひとまず、私たちの目標はそこですね。ただ……それ以降は二〇階層くらいまでしか地図がなくて……」

ルーシャは長い耳をへにゃりとさせた。

「それより先の階層は、腕がなきゃ行けないんだろうな」

「地図があれば道に迷わないからいいと思うんですけど、深い階層なので攻略しながら進むしかないですね」

地図がなくても行けるくらいにならないと、危険なんだろう。まあ、俺とルーシャならおそらく問題なく行けると思うけど。

「んで、素材採取はいいとして……どれくらいの数なんだ？」

「あぁ……七〇です」

「ぶふぅっ！」

さらりと答えたルーシャに、フロイツが噴き出した。

「おいおいおい、七〇ってお前……どんだけ大変かわかってんのか!?」

普通の冒険者はそんな大量の依頼は受けないと、フロイツは頭を抱えている。

……うん。俺も初めて詳細な依頼内容を聞いたけど、まさかそんな大量に必要だとは思わなかった。いや、駄目とは言わないけど。

フロイツの反応を見たルーシャはといえば、困ったように笑う。

「でも、私たちって依頼を受けてきてないので……ここら辺でギルドに貢献しなきゃまずいんじゃないかと思って。この依頼はずっと引き受け手がいなかったみたいで、受付ですっごく感謝されたんですよ！」

「そんな大量じゃ受ける奴《やつ》もいないだろうよ……」

フロイツは呆《あき》れたように、乾いた笑い声をあげた。

「まあ、確かに依頼を受けない冒険者はギルドから心証は悪くなるわな。お前たちがそれでいいなら俺は何も言わねえよ。頑張れ」

「はいっ！　ヒロキと一緒だから、大丈夫です!!」

ちなみに、ブルードッグの素材は『牙』だ。

素材採取自体は楽に思えるが、ヒーラーがほとんどいない人間の国だと強い魔物の素材は入手がかなり厳しい部類に入るらしい。

受付で感謝されたのは、きっとそれもあったんだろうな。

「……っと、【シールド】」

「サンキュー、ヒロキ！」

話している間にダイアが攻撃を受けていたので、俺は防御スキルのシールドをかけ直す。シールドは攻撃を五回防いでくれるもので、支援職には必須のスキルだ。

奥からも魔物が来たので、念のためリジェネもかけておく。

「よっし、俺の必殺スキル……受けてみろー！　【連撃】!!」

ダイアが高らかに叫ぶと、手に持っていた剣でヤドカリンに斬りつけた。スキル名の通り、幾重にも相手を斬りつける技だ。

一撃あたりの攻撃力はそこまで高くはないが、その分、攻撃回数は多い。一撃、二撃……七回連続で魔物を斬りつけ倒した。

「おお、すごいな……！」

俺がそう声をあげると、ダイアが「だろ？」とこちらを見て笑う。

スキルはまったく持っていないのかと思っていたが、どうやら初心者ダンジョンを何回か攻略して、スキル獲得の書をゲットして覚えていたようだ。

「へへ、俺たちだってヒロキに追いつきたいからな！　こう見えて、かなり強くなったんだぜ？」

「それなら、こっちも頑張って支援しないとな」

「頼むぜ！　ただ、難易度の低いダンジョンだとスキル獲得の書があんまり出ないんだよな」

ダイアがぶーたれるのを見て、俺は苦笑する。

ダンジョンには難易度があり、誰でも攻略できるところは宝箱の中身も残念なことが多い。逆に魔物が強くて階層が深いダンジョンは期待する価値がある。

俺はプリーストだから、難易度の高いダンジョンに行ってレア度の高いスキル獲得の書を手に入れたいところだ。

もっとスキルを覚えて、支援職としての技能を高めていきたい。もちろんルーシャの攻撃スキルも重要だけれど、攻撃力増加などの支援バフが覚えられたらかなり強くなるだろう。

そのためには、ダンジョンを攻略してスキル獲得の書を得たいところだな。

俺が頷きながら歩いていると、ふと足元にある海藻に目が行った。

青色の海藻で、なんだかちょっと食欲はそそられない……。緑系統だったら、日本の海藻とそこまで違いがなかったんだけどな。

前を歩いているダイアとティナに声をかける。

「二人とも、依頼の海藻ってこれじゃないか？」

「「え？」」

俺の声に、二人の声が重なった。戦闘に夢中で、足元の海藻にまで目が行っていなかったのだろう。苦笑しながら、地面を指差した。

「ああっ、本当です！　さすがはヒロキさん、もう見つけちゃうなんて!!」

「大袈裟《おおげさ》だよ、ティナ。たまたま足元を見てただけだからさ」

ティナが海藻を摘んで、俺に礼を言う。

「もう少し先の階層にあるのかと思ってましたけど、一階層から採取できるんですね」

「確かにね。でも、危険な場所にあったらそうそう食用にはできないだろ？」

「それもそうですね。この海藻は、お手頃価格なのにとっても美味しいみたいですから」

庶民が好む、普通の飲食店でも出てくる材料だ。

もしダンジョンの深い階層にあったら、きっと高級食材になってるんだろうな。味なんていまいちでも、入手困難というだけで食べたいと言う人は多いだろう。

ダイアも地面を見て、海藻を摘んでいく。

「結構生えてるんだなぁ……。魔物との戦闘になる前に、俺たちは依頼に必要な分の海藻を摘んじゃおうぜ」

「うん！」

魔物と戦うのは大事だが、あくまで優先順位は依頼の方が高い。仕事であることをしっかり認識しているらしく、丁寧に海藻を採取している。

フロイツはといえば、近くの岩に腰をかけて休憩タイムに入っていた。

まあ、依頼を受けたのはティナとダイアの二人だもんな。変に手伝うより、ちゃんと二人に依頼を完遂させるつもりなのだろう。

鞄《かばん》から水袋を取り出し、フロイツは喉を潤わせて俺の方を見た。

「んじゃ、俺はダイアとティナを見てるから、ヒロキとルーシャは先に進んだらどうだ？　受けた依頼は、一〇階層の魔物の素材だろ？」

行くだけでも時間がかかるから、遠慮せずに行っていいとフロイツが言う。

「だな、俺たちのせいで遅れるのも申し訳ないし……」

「気にしないで先に進んでください、ヒロキさん、ルーシャさん」

ダイアとティナも行けと、俺たちを見た。二人はまだまだ海藻を摘むようで、腕まくりをして気合を入れている。

「海藻は濡《ぬ》らした布にくるんで持っていかないといけないみたいで、ちょっとひと手間必要なんですよ」

だから薬草採取より少しだけ大変だとティナが笑う。

「……お言葉に甘えるか」

「そうだね」

俺はルーシャと顔を見合わせて、一〇階層の魔物……ブルードッグを倒しに行くことにした。

◆　◆　◆

冒険者ギルドで買っておいた地図を見ながら、俺たちは順調に九階層までやってきた。ここにいる魔物は、三叉《みつまた》の槍《やり》を持った半魚人の魔物キラーマーマンだ。

そんなに強い魔物ではないので、目的のブルードッグにも苦戦はしなさそうだと内心で少しほっとする。

キラーマーマンの槍が俺に向けられて、攻撃を仕掛けてきた。


ミス！


俺がキラーマーマンの攻撃を避けると同時に、ルーシャが矢を放つ——が、ミス。

ルーシャは攻撃極振りステータスなので、なかなか当たらない。けれどその分、攻撃力は絶大で、一撃で魔物を倒せることも少なくない。

「うぅ、なかなか当たらない……もう一撃！　えい!!」

ルーシャが一気に五矢放ち、そのうちの一矢が見事にヒットしキラーマーマンが倒れる。

「よっし！」

「ふう、やっと当たった！」

あとはこの先にある階段を下りたら、次の階層だ。

《ピロン♪　レベルアップ！》

「お」

脳内に響いた音に、俺はにやつく。

「ヒロキ？」

「レベルが上がった」

「わ、おめでとう！　これで42になるんだっけ？」

「ああ」

レベルが上がりにくくなってきたけれど、まあ順調だろう。

「【ステータスオープン】」

完全回避ヒーラーを目指すので、ステータス値はいつも通り回避に振る。やっと回避が180まで来たぞ。

ヒロキ・サクライ
レベル：42
職業：プリースト
攻撃：1
防御：1
命中：1
魔力：1

回復：100
回避：180＋8（装備）
スキル：言語習得（パッシブ）・ヒール・エリアヒール・リジェネ・シールド・スキルレスト・セーフティーサークル・魔力サーチ・キュア

「これなら、そうそう敵の攻撃を受けることもないだろうな」

「ヒロキを倒そうと思ったら、質より量だよね」

「ちょ、フラグが立ちそうなこと言うなよルーシャ」

こんな会話をして、次の階層がモンハウ……魔物が大量にいるモンスターハウスだったらどうするのか。さすがに数の暴力はきつい。

ルーシャは敵が多くいればいるほど、矢が当たるから嬉しいのかもしれないけど……。

「あはは、そう頻繁に魔物の群れなんていないから大丈夫だよ！」

「だといいんだけど……」

❷ フラグ回収です

ターゲットの魔物がいる一〇階層に足を踏み入れたら、なんだかざわりとした感覚に襲われた。プレッシャーをかけられているというか、多数の視線を向けられているというか……。

ブルードッグが出るこの階層は、つい先ほどの湿った洞窟とは違って、石造りの神殿のような内装へ変化していた。

魔物の種類の影響からか、ダンジョン内も魔物に有利な仕様になったのかもしれない。石畳の間からは草も生えていて、まさにＲＰＧのダンジョンだ。

俺が後ろを振り返ると、階段を下りずに待っているルーシャがいる。

「ヒロキ、大丈夫そう？」

「うーん……ルーシャのフラグが大成功っぽい」

「え？」

まだ待っててと告げ、俺は一人でダンジョンの奥へ足を踏み出す。おそらく待ち構えているであろう魔物に、俺がターゲットだと認識させるのだ。

一応、魔物寄せのポーションは飲んでいる。

「さてと、いったいどれくらいの魔物がいるのかな？」

俺の声が響くと、『グルゥ……』と犬のような威嚇が耳に届いた。間違いなく、ブルードッグだろう。荒い息遣いから、その数は数匹なんて可愛《かわい》い数じゃないことがわかる。

「これは結構ハードかもしれないな……【リジェネ】【セーフティーサークル】!!」

シールドはかけていけれど、突破されたときの可能性も考え持続性のある回復スキルを自分にかける。そして、自分の直径一メートル内に敵が入ってこられない安全地帯のスキルを使う。

さて、どうなるか。

『ガウァッ』

奥から出てきた数匹のブルードッグが俺に飛びかかってきた。さらに、その後ろにも大量のブルードッグがいた。

その数はざっと、三〇はいるだろう。

「おでましだ、ルーシャ!」

「――任せて!」

ルーシャは大量のブルードッグに一瞬息を呑《の》んだが、すぐに攻撃を始めた。

「いっけぇ、【ウィンドアロー】!」

ルーシャの放った矢は、一匹のブルードッグを倒す。さすがにこの数のブルードッグがいれば、どれかしらに当たる。

俺たちの戦闘スタイルを考えると、この方法がもっとも効率がいい。

今回はセーフティーサークルもあるから、かなり余裕がある。――しかしそう思ったのは、ほんの数秒だけだった。

『ガウッ!!』


ミス！

ミスミス!!


トンッ！

ミス！


「な……っ!?　くそっ、【シールド】！」

俺の周囲を守っていたセーフティーサークルが、あっけなく消えた。

万能の結界だと思っていたけれど、さすがにそれは都合がよすぎたらしい。どうやら、一定数の攻撃を受けると消えてしまうようだ。

「ヒロキ、大丈夫!?」

「ああ、問題ない！　ルーシャはこのまま攻撃に集中してくれ」

「わかった！」


ミス！

ブルードッグの攻撃を避《よ》けるが、さすがに数が多いので避けきれない。鋭い牙が俺に向けられて、齧《かじ》られそうになる。

トンッ！


「やばい数だな……って、まじか！」

ルーシャの攻撃で順調にブルードッグが減っていると思っていたが、奥から増援とばかりに一〇匹以上のブルードッグがやってきた。

俺に攻撃するブルードッグの数が、軽く四〇を超える。


ミス！

トンッ！

ミス！

トントントンッ！


——ザシュッ！

「……ってぇ」

ブルードッグの牙が、俺の腕を掠《かす》める。

血が出たものの、リジェネをかけているので傷はすぐに回復する。とりあえず、シールドをかけ続けてれば問題はなさそうかな？

「ヒロキ！」

「【シールド】っと。さすがに数が多いけど、大丈夫！　一撃が致命傷になることはないから、このままで大丈夫だ」


トンッ！

ミスミスミス！


「五回攻撃される前に【シールド】っと」

「よしっ、私も気合入れるよ！　【ウィンドアロー】【エンチャントアロー】!!」

ルーシャの連続攻撃が、同時に何匹ものブルードッグを倒す。スキル攻撃なので、一撃で数匹のブルードッグを倒す。さすがルーシャだ。


ミス！

ミスミス!!

数が減ったので、すべての攻撃を避けられるようになる。やっぱり攻撃全部避ける……ってのがいいよなぁ。多少は我慢できるけど、攻撃されたら痛いし。

ルーシャがどんどん攻撃していき、ブルードッグの数も残りわずかになる。

「これで終わり……【ウィンドアロー】!!」

風を纏《まと》った矢が広範囲に攻撃を行い、すべてのブルードッグを倒した。

「よっしゃ!」

「はあぁ、倒せた〜」

ルーシャがほっと胸を撫《な》で下《お》ろし、額の汗を拭う。

「ブルードッグの素材、一回の戦闘でほとんど集まったな……」

「大量だね。さくっと集めて、次に行こ」

「だな」

ルーシャがナイフを使って牙を取り、俺はそれを鞄《かばん》へしまう。森で狩りをして生活していたというだけあって、ルーシャはナイフの扱いも上手《うま》い。

依頼だった素材、ブルードッグの牙を大量に無事ゲット。

「少し休憩してから先に進むか」

「賛成〜!」

トータルで五〇以上のモンハウだったので、俺たちはその場に座り込もうとして――

ミス！

「うおっ!?　ここら一帯は倒したばっかだと思ったのに、またブルードッグだ！　ルーシャ、いけるか？」

「もちろんだよ！」

休憩なんてする隙も与えないとばかりに、奥から次々とブルードッグがやってきた。その数は三〇くらいだろうか。いったいどれだけ奥から歓迎しに来てくれたんだよ……。

群れをなしたブルードッグが、俺に牙を向けてくる。

ミス！

ミスミス!!

「ブルードッグは群れで行動する習性でもあるのか？　まあ、一匹ずつ倒していくよりは楽だからいいけど……」

ほかの前衛パーティだったら、下手したらあっという間に壊滅するぞ？　ギルドでそのくらいの注意はした方がいいと思うんだけどなぁ。

ミス！

「【ファイアーアロー】！」

ルーシャがスキルを放つと、大量にいるブルードッグに命中する。何匹かを一気に倒し、ガッツポーズをしている。

「よし、どんどん倒して今度こそ休憩だ」

「はーい！」

元気なルーシャの返事とともに、攻撃無双が始まったことは言うまでもないだろう。

十分に休憩して出発したのはいいが……何かがおかしい。

「……【シールド】」

ミス！

ミスミス！

ミスミスミス!!

「えいっ！　よし、当たった！」

ルーシャの攻撃が、俺に群がる大量のライトフェンリルを倒す。今は一七階層までやってきたけれど、やたらとモンハウ率が高い。

——こんなこと、初めてだ。

たまに大量発生していることはあるけれど、こうも頻繁なのはなんだかおかしい。

ライトフェンリルとは前にも戦ったことがあるが、別に群れで行動はしていなかった。

このダンジョンの特色であれば間違いなくギルドで教えてもらえるはずだから、何か異常事態が起きている可能性が高い。

……それとも、ルーシャがフラグを立てたからか？

「はは、まさかな……」

俺がそんなことを考えていることとなんて気にしないとばかりに、ルーシャの攻撃は絶好調だ。モンハウなので、どこに矢が飛んでいってもほぼ当たるからだ。

いつも攻撃を外しまくっているルーシャからしたら、今は気持ちよすぎてたまらないだろうな。

「あ〜私の攻撃が、絶対に当たる！　最高!!」

笑顔で矢を撃ちまくっているのは若干怖い気もするが……まあ、俺も大量の魔物を避けられたら同じようになるだろうから何も言えない。

「どのダンジョンもこうだったらいいのに」

「さすがにそれじゃあ気も休まらないだろ……」

何事もバランスが大事だと説くと、ルーシャは「そうだよね」と言っておちゃめに笑った。

ミス！


「はぁ、はぁ……さすがに疲れたね」

「次の階層で野宿にするか？」

このままだと、ルーシャがスキルを使いすぎて魔力切れになる心配もある。かなりきつい狩りだったから、あまり無理はよくない。

ルーシャは俺の提案に頷《うなず》いて、額の汗を拭った。

「そうしよう、こんなに大量の魔物を倒したのは初めてかも。ヒロキと一緒だと戦闘は多いけど、ここまでは普段もないから」

連戦につぐ連戦で、ルーシャもくたくたになっている。

「とりあえず、休憩できる階層移動の階段まで頑張ろう」

「うん。ヒロキもあと少し前衛よろしくね」

「おう」

◆　◆　◆

ダンジョン内で一泊した翌日、俺たちはやっとボス部屋までやってきた。倒したら転移装置を使ってダンジョンの外へ出て、終了だ。

「はぁ、今回は大変だったね。でも、そのおかげでレベルが上がったよ」

「俺も。まさか、あれから2レベル上がるとは思わなかったわ……」

ヒロキ・サクライ
レベル：44
職業：プリースト
攻撃：1
防御：1
命中：1
魔力：1
回復：100
回避：190＋8（装備）
スキル：言語習得（パッシブ）・ヒール・エリアヒール・リジェネ・シールド・スキルレスト・セーフティーサークル・魔力サーチ・キュア

ルーシャ・プラム

レベル：45
職業：アーチャー
攻撃：145＋17（装備）
防御：1
命中：1
魔力：1
回復：1
回避：1
スキル：クリエイトアロー・ウィンドアロー・ウォーターアロー・ファイアーアロー・アースアロー・ライトアロー・エンチャントアロー

「ヒロキに追いつかれそう……」

そんなことを言って唸《うな》るルーシャに、俺は笑う。

「とりあえずボスを倒しちゃおうぜ。二九階層の魔物もそこまで強くなかったし、楽勝だろ」

魔物自体は強くなかったのだが、いかんせんすべての魔物が群れで襲いかかってきた。その点にのみ、今回は疲れさせられた。

「そうだね！　ちゃちゃっと倒して、冒険者ギルドに行こう。依頼の達成報告もそうだけど、ちょっと魔物の様子がおかしいし……」

「確かに、早めに伝えた方がいいかもしれないな」

ダンジョン内で魔物が固まっているなんて、普通の冒険者では対処が難しいはずだ。怪我《けが》を負ったら、ポーションかヒーラーのスキルで回復をするしかない。しかしポーションはそうたくさん鞄には入らないので、回復薬の存在はとても大事になる。

人間の国はヒーラーも少ないし、今回のように魔物が多いと回復役の有無でパーティの生存率が大きく変わってくる。下手をすれば、あっという間に壊滅するだろう。

今回のモンハウは、ただの大量発生ではないというのが俺とルーシャの見解。

その理由は、二つ。

まず一つ目は、普段群れをなさない魔物までも群れで行動してモンハウ状態になっているということ。

そして二つ目は、どうにも魔物の配置がおかしい。

普通は大量に発生していたとしても、階層内は割と均一に魔物がいる。けれど、今回は階層内の魔物が一ヶ所に集まってきた……と言った方がしっくりくるだろうか。

原因を調べるためにも、ギルドへ相談したい。

「私はいつでもいけるよ」

俺はルーシャの言葉に頷いて、ボス部屋の扉を開けた。

俺たちの前に立ち塞がったのは、このダンジョンでも一階層から出てきていた魔物の一種、ヤドカリンだった。

ただし、超ビッグサイズ。

名前があるとしたら、間違いなくビッグヤドカリンだろう。

「でかいな……」

思わずそう呟《つぶや》いてしまったのも、無理はない。

「貝だから、外側は硬そうだね」

「だろうな。でも、ルーシャの矢なら大丈夫じゃないか？」

なんてったって攻撃力極だ。

俺はビッグヤドカリンの下《もと》へ行き、ひとまずその攻撃を受ける。


ミス！


まあ、予想していた通り余裕だ。

「よーし、さっさと倒して次に行くか」

「うん！【クリエイトアロー】【ウィンドアロー】!!」

ルーシャの力強いスキルが当たる——ことはなく。しかし、矢の纏った風がヤドカリンの貝の部分を傷つける。

やっぱりヤドカリンの防御力より、ルーシャの攻撃力の方が高いな。それを見たルーシャも、いけると思ったのだろう。口元に弧を描き、にんまりと笑った。

「よーし、どんどんいくよ！　ヒロキ！」

「おう！」

❸ 緊急招集

「スキル獲得の書が入ってると思ったのになぁ……」

「まあ、ダンジョンならまた行けばいいじゃん」

「ん、そだね」

潮風のダンジョンのボス、ビッグヤドカリンを無事に倒し、俺とルーシャは街へ戻ってきた。

ルーシャが落ち込んでいる通り、ボスを倒した後の宝箱にはスキル獲得の書が入っていなかった。

中に入っていたのはレアな海藻、大きな水の魔石、お金だった。

水の魔石は魔道具を作る材料として重宝されているらしいので、何か必要そうなものがあれば特注で製作してもらうのもいいかもしれない。

「あ、ギルドが見えてきたよ。早く報告しちゃお！」

「そうだな。フロイツたちとも合流したいし……って、どこの宿か聞いてない！」

うっかりしていたと、俺はうなだれる。

前に拠点として活動している街だったらいつも使う宿を把握していたけれど、さすがに初めて来る街まではわからないし予想もできない。

「忘れたねぇ……ギルドに伝言があるかもしれないし、ひとまず確認してみようよ」

「ティナあたりはしっかりしてるから、望みはあるな」

急いでギルドへやってくると、俺たちの心配とはよそにフロイツの声が聞こえてきた。

「ほらほら、それは明日にして……とっとと宿に行こうぜ」

「フロイツさん……」

「事前の情報収集だって大事だぞ？　フロイツ」

声の発生源を探すと、フロイツたちが依頼掲示板の前にいた。どうやら、ティナとダイアの依頼は問題なく終わったようだ。

さしずめ今は、早く飲みたいフロイツと、明日のために依頼の確認をしておきたいティナ……というところだろうか。

声をかけようとしたところで、ティナがこちらに気づいた。

「あ！　ヒロキさんにルーシャさん！　おかえりなさい」

「「ただいま」」

フロイツは「いいところに！」と顔を輝かせる。

「腹、減ってるだろ？」

どうやら、俺とルーシャを味方にして飲みに行きたいらしい。少しくらいティナたちのことを待ってあげればいいのにと、苦笑する。

横ではティナがため息をついているので、若干あきらめているようだ。ティナは俺たちを見ながら、フロイツに「わかりましたよぅ」と宿に戻ることを了承した。

たぶん、俺とルーシャが疲れてると思って気遣ってくれたんだろう。

「ヒロキさんたちの依頼はどうだったんですか？」

「ばっちり。今から報告するところ」

「よかったです。私たちはここら辺で待ってますね」

依頼掲示板の横にあるベンチを指差して、ティナが微笑《ほほえ》む。

「ありがとう。あ、でも……少し遅くなるかも」

「？」

依頼達成の報告だけでなく、ダンジョンの魔物の配置……様子がおかしかったということを相談したい。

俺が妙に考えるそぶりを見せたからか、フロイツが眉をぴくりと動かして何かを察した。

「俺も聞いていいか？」

「もちろん。むしろ、フロイツの意見を聞きたいくらいだ」

受付へ行く前に、階層の魔物が同じ場所で固まっていたことをフロイツたちへ簡単に説明することにした。


「……そんな現象、聞いたことがないな」

「やっぱりおかしいのか」

フロイツがそう言ったのを聞いて、俺とルーシャは顔を見合わせる。これはすぐにでも、ギルドへ報告した方がいいだろう。

「じゃあ、依頼の報告と一緒に今の話もしてくるよ」

「ああ、それがいい」

フロイツたちに見送られて、俺はルーシャと一緒に受付へ行く。まずはさっと依頼の報告をして、それからダンジョンのことを話そう。


「おかえりなさい、お疲れ様です。ブルードッグの素材ですね」

「はい、お願いします」

魔法の鞄《かばん》から大量の素材を取り出すと、受付嬢が目を見開いて驚いた。あまり持っている人がいないものだから、珍しいんだろうな。

魔法の鞄とは、このファンタジー世界独特のアイテムだ。レアアイテムで、所有者は少ない。

普通の鞄に空間拡張の魔法スキルを使用することにより作ることができる。するとどうでしょう、中にたくさんのアイテムを入れられる便利アイテムに大変身！

もしかしたら魔法の鞄を手に入れるために狙ってくる奴《やつ》らがいるかもしれないが、どうせ俺は避《よ》けることができるから奪われたりはしない。

一応、ルーシャは守る手立てが少ないので、対策のためこういったときに使うのは俺の鞄にしている。

依頼内容だったブルードッグの牙を七〇と、さらに追加で狩った分の五〇を机に置いた。

「え、こんなにたくさん……？」

受付嬢の口元がひくりと震えた気がしたけれど、見なかったことにしよう。俺だって、こんなにブルードッグを狩る予定はなかったんだ。

すべてはルーシャのフラグ……じゃなくて、ダンジョン内の異常事態のせいだ。

「今回の素材は、余剰分も買い取ってもらえるんですよね？」

「あ……っ、もちろんです。それではすべてお預かりしますね」

「お願いします」

さすがに数が多いので、受付嬢は牙をトレイに載せて奥の部屋へと下がっていった。

「もともとの依頼料が五〇万ロトだから、すごい金額になりそう！」

「一ヶ月以上遊んで暮らせるな」

「だね」

ルーシャがくすくす笑って、俺に同意する。

この世界に来てからそんなにゆっくりすることはなかったので、帰還の手掛かりを見つけたら少しのんびりするのもいいかもしれないな。

まあ、ダンジョンにももちろん行きたいけど……誰も行ったことのないような、大自然を見てみるっていうのも一興か。

わくわくとやりたいことを膨らませていると、受付嬢が袋を持って戻ってきた。

「お待たせいたしました。確認が終わりまして、依頼分の牙が七〇と、余剰分の牙が五〇でした。お間違いありませんか？」

「はい、合ってます」

俺の言葉に頷《うなず》いて、受付嬢は持っていた袋をカウンターに置いた。

「依頼分の七〇個に関しては、報酬が五〇万ロト。残りの分は一個七〇〇〇ロトでの買取になりますので、三五万ロトになります」

依頼を受けて素材を採ってきた方が、買取額が少し高いのか。今まであまり気にしてはいなかったけれど、勉強になるな。

俺は報酬と買取額の入った袋を手に取り、鞄にしまう。

「ありがとうございます」

しかし俺にしてみれば本番はここからだ。

「ダンジョンの魔物のことで相談というか、ギルドに確認してほしいことがあります」

「何かありましたか？」

受付嬢は、すぐに俺たちが行った潮風のダンジョンの資料を取り出した。階層は深いけれど、奥まで行かなければそれほど危険はない場所だ。

「……各階層で、魔物が集まっていたんです。十数匹、もっと多いところだと数十匹も。追加で奥からも来るので、トータルするともっと……」

「え……っ!?」

俺の言葉に、受付嬢は顔を青くする。

「今までそんなことはなかったのに……」

受付嬢の小さな声が、俺とルーシャの耳に届く。そして少し思案しつつ、確認のため口を開く。

「各階層と言っていますが、すべてですか？」

「いえ、一〇階層以降です」

「比較的強い魔物のいる階層ですね……ん？　一〇階層以降、すべて？」

「はい」

受付嬢の言葉に、俺は力強く頷く。

「普段、こんなことはないと思います。ですので、何か異変が起きている可能性が――」

俺が言葉を続けると、受付嬢は手を前に出して「待ってください」と告げる。

「そんなに魔物が一ヶ所に集まっているのに、どうやって次の階層へ行ったんですか？　ヒーラーを含め、大人数で行かれたのでしょうか」

――ああ、なるほど。

魔物が大量にいるところを進むのは、不可能に近い……そう考えたのだろう。少人数ならよほどの熟練冒険者、もしくは数の力で圧倒する。

確かにそう考えるのが普通か。こっちはティナたちもいるし、年齢的に熟練の冒険者だとはぱっと見で思えないからな。

とはいえ、ここで誤魔化《ごまか》すつもりはない。

「俺とパートナーのルーシャ、二人で行きました」

「えぇっ!?　二人で……って、さすがにそれは」

信じ難いと言いますか……と、受付嬢が困った表情になってしまう。まあ、普通はこういう反応になるよな。

とはいえ、嘘《うそ》ではないので信じてもらうしかない。

「俺は回避ヒーラーなので、魔物の攻撃を避けるんです。回復や支援はもちろんですが、回避があるので前衛の役割も担ってます」

「回避、ですか……」

「それにほら、ブルードッグの素材も問題なかったですよね？　それじゃあ、実力の証明にはなりませんか？」

俺がそう言うと、受付嬢は言葉に詰まる。

ちょっと厳しい言い方になって申し訳ないが、ここでうだうだして先延ばしにしていい問題ではないと思う。

「……そうですね。ブルードッグの素材をこれだけ手に入れるのは、かなり大変ですから。まずは、ギルドでダンジョン内の調査を行います」

「よかった、お願いします。知らずに行って、魔物に囲まれてしまったら大変ですから……」

ブルードッグの素材があったので認めてもらえたが、きっと日ごろから依頼をこなして信頼を得ていたらもっと話もスムーズになるんだろうな。

……やっぱり大事だな、依頼。

俺とルーシャは受付から離れて、フロイツたちの待つベンチへ向かう。

「ひとまずこれで安心だな」

「うん。あとは原因がわかれば問題も解決だね」

魔物に囲まれてやられる……なんてのは、いいものじゃないからな。残すはルーシャの言った原因のみだ。

「それが一番大変そうだけど……まあ、そこはギルドに任せるしかないもんな。俺たちじゃ、原因を突き止めるのは難しそうだし」

カウンターに並ぶ冒険者たちの横を通ってベンチに着くと、フロイツが腕を組んで何かを考え込んでいた。

「フロイツ？」

「ん？　ああ、いや……。なんで魔物が集まってるのか、気になってな。前に、そういった状況の話をどっかで聞いたような気がしたんだが……忘れた」

「もう、フロイツさんたら……」

思い出せないと手を上げるフロイツに、ティナが呆《あき》れた視線を送る。

「まあ、思い出せないのはしょうがないよ。ご飯にしよう、ティナちゃん」

ルーシャが気にしないという風に、フロイツをフォローしてティナに声をかける。

「そうですね。お腹《なか》いっぱい食べて、ゆっくりしましょう。魔物がそんな状態だったなら、ヒロキさんもルーシャさんも疲れたんじゃないですか？」

俺たちを心配するティナに、確かにたくさん歩いて疲れたなと思う。こういうときは、たっぷり栄養補給するに限る。

「ステーキとか食べたいかも？」

「おお、いいなぁステーキ！　きっとエールも合うぞ!!」

俺がティナに返事をすると、フロイツが横から割って入ってきた。

「というか、フロイツはどんな料理でもエールは美味《うま》いって言うだろ」

「はは、ばれたか！」

それくらいお見通しだ。

「蜂蜜酒を飲むんじゃなかったのか？」

「おっと、もちろんそれも飲むぞ！」

あとの調査はギルドに任せることができたので、俺たちは宿に向かった。

◆　◆　◆

「は～さすがに今日は疲れたな」

お腹はもちろんすいているけれど、眠ってしまいたい衝動にかられてベッドへ倒れ込む。このまま目をつぶって寝られたらどんなに幸せだろう。

俺たちが選んだ宿は、フロイツたちも泊まっている魚料理が評判の『港のくつろぎ処《どころ》』という宿屋。

街の中央に位置しているので、海にも行きやすいし、内陸側にある冒険者ギルドにも行きやすい。それもあって、冒険者にも人気の宿屋だという。

一人部屋は六畳ほどで、ベッドのほかにはテーブルとクローゼットが備えつけられている。冒険者が拠点にしやすいように、最低限の家具が揃《そろ》えられているみたいだ。

寝てしまいたい……が、この後はみんなで夕飯をとることになっている。

「というか、遅かったらルーシャかティナが間違いなく迎えに来るな」

さすがにそれは申し訳ないので、どうにかベッドから体を起こす。飯を食ったら爆睡コースだな、きっと……。

「そんじゃ、カンパーイ！」

「「「カンパーイ」」」

宿屋の食堂に着くと、フロイツがすぐにエールを手に取った。待ちきれなかったようで、すぐに中身を飲み干している。

俺たちは蜂蜜ソーダを注文してみたけれど、レモンが一緒に入っていて思いのほかさっぱりした味わいで美味《おい》しい。

「女将《おかみ》さん、エールお代わり！」

「はいよ、どうぞ！」

フロイツが空のグラスを掲げると同時に、新しいエールが机の上に置かれた。この女将、フロイツの行動を予測しているのか……!?

ティナたちはもう慣れたもののようで、自分の好きな料理を注文している。メニューには魚料理が多く、どれを頼むか悩むな。

まあ、ゆっくり食べながら追加していけばいい。ティナたちに任せることにして、俺は疑問に思ったことをフロイツに聞いてみる。

「ギルドの調査って、すぐ始めてくれるのかな？」

「ん？　ああ、早ければ明日の朝くらいじゃないか？　さすがに今からってのは無理だろうし」

伝えたのが夕方だったので、その日のうちの調査は難しいか……。でも、明日の朝に確認してもらえるならほかの冒険者に被害が出ることもそうはなさそうだ。

「早く原因がわかるといいよね」

フロイツの答えを聞いて、ルーシャもジュースに口をつけて頷いた。

「みんながヒロキみたいに避けるならいいけど、普通の前衛があの数を相手にするなんて不可能に近いもん」

「ん～……前衛が防御に徹したとしても、厳しそうだしな。俺は行きたくないぞ、そんな魔物だらけのダンジョン」

フロイツはさらにエールのお代わりを注文し、ふはっと一息つく。

それと同時に、頼んでいた料理が運ばれてきた。海が近いというだけあって、お刺身には脂がのっているし、ほかのメニューもいい匂いだ。

「どれも美味しそう！」

ルーシャも同感だったようで、胸の前で手を組んでうずうずしている。

俺は早速お刺身に手を伸ばし、醤油《しょうゆ》につけて口に入れる。一瞬でとろけるような歯ごたえ……いや、いっそとろけたと言っていいかもしれない。美味しいお刺身に、舌鼓を打つ。

「はー、美味い」

「大当たりの宿屋だなぁ～酒が美味いぜ！」

「フロイツは酒ばっかりだろ……」

ちょいちょいつまみつつも、フロイツのメインは酒だ。

まあ何を飲もうが食べようが気にはしないけれど、べろっべろんに酔うまで飲むのはやめてほしい……。ティナが困るからな。

きっと酔ったフロイツはダイアが部屋まで連れて行くんだろうなと、斜め前に座っているダイアを見る。今はちょうど、唐揚げを美味しそうに頬張《ほおば》っているところだった。

すると、俺の視線に気づいたダイアが目を瞬かせた。

「ヒロキも食うか？　これ美味いぜ！」

どうやら食べたそうにしていると勘違いされたらしい。ダイアがくれたのは、白身魚の唐揚げだった。

「サンキュ。……うん、これも美味いな」

「絶品だよな。ヒロキは魚が好きなのか？」

「ん？　まあ、好きかな。ダイアは肉の方が好きそうだな」

「そりゃあ、肉の方が力も出るしな！　冒険者は体が資本だから、肉を食わないと!!」

好きというのはもちろんあるだろうが、体を作るためにも肉は必要だと考えているらしい。その言葉通り、ダイアの前には魚だけではなく肉の串焼きも置かれていた。

「じゃあ、俺も食うかな」

そう言って俺が串に手を伸ばそうとすると、食堂のドアが勢いよく開いた。


「はっ、はぁ……大変だ!!　緊急事態だっ!!」


「――っ!?」

息を切らしながら入ってきた男に、店内の客たちがざわめく。その顔色は悪く、体は心なしか震えているようにも見える。

ただ事ではなさそうな様子に、俺たちは息を呑《の》む。この世界に来てからこんなことは初めてだが、その緊迫した雰囲気から喧嘩《けんか》があったとか、そういう類でないことはわかる。

店員が入ってきた男に水を差し出そうとしたが、彼は断り話を続けた。

「はっ、ま……魔物だ、魔物が出たんだ！　冒険者ギルドにも知らせが入ってるが、早く逃げろ!! 戦える奴は、ギルドの指示に従ってくれ……っ！」

「魔物が――!?」

街の入り口には兵士がいるため、そう簡単に魔物が入ってくることはない。それに、街の周辺にいる魔物はスライムなどの弱いものばかり。

でも、逃げろと言うからには……スライムとは違って強い魔物が街に入り込んだか、それに似たようなことが起きてるんだろう。

男の言葉で一瞬だけしん……と静まり返ったが、すぐに全員が口を開いた。

「な、なんだって!?」

「一体なんの魔物が出たっていうんだ」

「に、逃げなきゃ……っ！」

「すまない、私もまだどんな魔物かはわからないんだっ、でも、早くしてくれ……！」

どうやら、情報を伝えに来た男は詳細がわからないようだ。若干パニックになってしまった店内を見て、俺はどうしたらいいか……フロイツへ視線を送る。

「……まずは、情報を確認するためにギルドへ行くぞ。ティナ、ダイア、二人はここで一般人を落ち着かせてくれ。ヒロキとルーシャは俺と一緒にギルドへ。何かわかったらすぐに戻ってくるから、ティナたちは待ってろ」

「わかった！」

「フロイツさん、気をつけてください」

「おう。ヒロキ、ルーシャ、行くぞ！」

すぐにフロイツが指示を出したので、ティナたちが従った。緊急事態ならば、一番経験があるフロイツの言う通りに行動するのがいいだろう。

俺はすぐ立ち上がって、ルーシャを見る。

「ルーシャ、もう行けるか？」

「うん、大丈夫！」

いち早く情報を得るために、俺たちはフロイツと一緒に冒険者ギルドへ向かった。


冒険者ギルドに着くと、夜だというのに多くの人がいた。おそらく、魔物を目撃した人が多かったのだろう。

ごった返したギルドの入り口付近を抜けて奥へ行くと、ギルド職員が総出で対応に追われていた。

「あ！　ヒロキさんにルーシャさんじゃないですか！」

冒険者たちに指示を出していた受付嬢の一人が、俺たちに気づいた。さっき、依頼の報告と魔物の相談をした人だ。

その受付嬢に手を上げて、簡単に挨拶を済ませる。今は悠長に話している場合ではないので、相手もすぐに頷いてくれた。

「いったい何があったんですか？」

「緊急事態です。……コカトリスが、出現しました！」

「なんだって!? 災害級の魔物じゃねぇか!!」

フロイツが声をあげて、「どうなってるんだ」と舌打ちをする。それほどまでにやばい魔物なんだということがわかる。

コカトリスっていうと、ニワトリのような外見と、蛇の尻尾を持つ魔物として有名だ。おそらく、ゲームでもよく聞くコカトリスとそう変わることはないはずだ。

厄介かもしれないが、倒せない相手ではない……と、思いたい。

「ギルド長と上層部で会議をしているのでまだ確定はしていませんが、間違いなく緊急招集がかかるはずです。この付近にいる冒険者は全員、コカトリス討伐への参加が義務付けられるはずです」

「緊急招集……」

それほどの戦力を集めなければ勝てないと、そう判断されたっていうことか。俺が考えているよりもずっと、倒すのが厄介かもしれない。

「今はまだ街から少し離れていますが、こちらに向かっているようです。最初の目撃情報があったのは、潮風のダンジョン付近です。海を渡って、陸に上がって海沿いにこの街の方向に向かってきているようです」

「……！」

「おそらくヒロキさんが報告してくださった魔物の状態は、コカトリスに怯《おび》えて群れをなしたものだと思われます」

受付嬢の言葉に、なるほどと頷く。

魔物が逃げることを考えると、かなりのもの……というか、今のギルドの状況を見たらコカトリスがどれほど脅威かわかる。

「そうだ、思い出した！　数百年前に災害級の魔物が出たときも、魔物の動きがおかしかったって聞いたことがある。まだ駆け出しだったころに、ベテランの冒険者が教えてくれたんだ」

うっかり失念していたと、フロイツが舌打ちする。

「気合を入れねえと、街が破壊されるぞ」

「そんなにやばいのか……!?」

「やばいも何も、超やべぇよ！」

俺の問いかけに、フロイツはすぐさま当たり前だと返してきた。

この世界にある冒険者ギルドは、こういった有事の際に指令本部の役割を果たす。

建物自体が特殊な鉱石で造られているため、ちょっとした魔物の攻撃に耐えることができるというのは、この世界に来てすぐフロイツに教えてもらった。

おそらくギルドマスターが指揮をしているからだろう、不安な様子を見せつつもギルドにいる職員たちは落ち着いている。

「とりあえず状況はわかったから、どう対応するか確認して一度宿屋に戻ろう。ティナたちも、何もわからないままは不安だろうし……」

俺がそう言ったところで、受付の奥から一人の職員が出てきた。もしかしたら、会議で何かしらの決定があったのかもしれない。

職員は手に持っていた大きな紙を広げて、掲示板に貼って全員に聞こえるように叫んだ。

「冒険者に通達、緊急招集が決定しました！　明日の早朝から、コカトリスに一斉攻撃を仕掛けます。作戦指示は明日の朝に通達しますから、遅れないように集合してください!!」

その言葉に、ギルド内の空気に緊張が走る。

受付嬢が言っていた通り、緊急招集が決まったようだ。

「宿に戻って、ティナとダイアに伝えよう。……でも、コカトリスは朝まで待ってくれるのか？」

普通だったら夜のうちに攻撃を仕掛けてくるのではないか？　そう口にした疑問には、受付嬢が現状を教えてくれた。

「今は、熟練の冒険者たちがどうにか足止めをしている状態です。ほかにも声はかけているので、ローテーションで朝まで足止めをします」

「なるほど……時間稼ぎですね」

「そうです。小さな戦力では倒せませんので、明日の朝一に一斉攻撃……という流れですね。緊急招集が決まったので、原則すべての冒険者に参加していただきます。ただし、駆け出しや実力不足と判断された方は、裏方のサポートに回っていただきます」

「「わかりました」」

俺たちは受付嬢の言葉に頷いて、朝の合流を承諾する。

アイテム類はもちろんだが、できるなら少し休息も必要だろう。昼間ダンジョンに行っていたから、せめて仮眠は取りたい。

今はこの状況で一気に目が覚めてしまったけれど、さっきまでは寝たくて仕方がなかったのだから、コンディションは自分で想定しているより悪いと考えていた方がいいだろう。

「一般人には避難指示が出ているので、日が昇り次第ほかの街へ行く予定です。宿などは、冒険者の方たちが利用できるよう、開放していただけるようにお願いしています」

どうやら、ちょうどギルドの職員が街を回っているらしい。思っていた以上にスムーズな対応で、これならコカトリスとの戦闘も大きな問題はないかもしれない。

フロイツも少しほっとした様子で、こっちを見た。

「んじゃ、宿に戻るぞ。明日に備えないといけないからな」

「しっかり準備しないといけないね、ヒロキ」

俺は頷き、宿に戻るまでにしていた方がいい準備を考える。

「戻る前に、ポーション類を買っておこう。この事態だから、店も開いてると思う」

二人にそう提案すると、すぐに賛同してくれた。

「そうだな、ポーションは必要だ。ティナはおそらく後方での攻撃かサポートになるが、何かあるかわからねぇからな……一応、魔物除《よ》けのポーションも買っていくか」

フロイツは二人のことを心配し、買うものをあげていく。

「ただ、買い占めはよくないから……数はあんまり持てないだろうな」

「あー……それはありますね」

金にモノを言わせてポーションを買い占められたら、冒険者全員に行き渡るなんて不可能だ。下手したら、仲間内で争いになるかもしれない。

「とはいえ、そのことはギルドも店もわかってるから大丈夫だろう。さ、行くぞ」

◆
◆
◆

宿へ帰る途中で見つけた道具屋に寄って、魔物除けのポーションと上級ポーションを二本ずつ購入した。

俺が飲むために、魔物寄せポーションも購入しておく。これに個数制限はなかったけれど、ポーションは一人二個までという制限があった。

残った分はギルドが購入し、コカトリス戦の物資として使うことになっているそうだ。ギルドが物資の用意をしてくれるのは、かなり助かるな。

ポーションは、ポジションによって使う個数がだいぶ偏る。

後方から攻撃するだけの攻撃職であればいいが、魔物と対面する前衛職はポーションがいくつあっても足りないかもしれない。

宿に戻ると、みんな慌ただしく逃げる準備をしている最中だった。

一般客は荷物をまとめて、終わった人は食堂の空いているスペースで待機しているようだ。

その中で手伝いをしているティナたちを見つけた。

「ティナ、ダイア、大丈夫だったか？」

「はい。ギルドの方が説明に来てくれたので、みなさん落ち着いて避難の準備をしていますよ。この宿屋は、コカトリスと戦う冒険者のために開放してくれるみたいです」

ティナが簡単に説明をしてくれ、思いのほかスムーズに動いていることにほっとする。

普通だったら、パニックになっていてもいいくらいなのに……やっぱり日常から魔物がいると、こういったとき冷静に対処しなければいけないことを理解しているんだろう。

フロイツはちゃんと対応していたティナとダイアを褒めてから、食堂の席へついた。俺たちも座って、まずは情報の共有だ。

「んじゃあ、ギルドで聞いてきたことだ。緊急招集がかかったから、冒険者は全員討伐への参加が決まった。現れた魔物は、ティナが言った通りコカトリス。場所は、潮風のダンジョンの近く」

まずは緊急招集がかかったことと、現在コカトリスがいる場所をフロイツが伝える。

「冒険者たちが足止めをしてるから、明日の朝一に冒険者ギルドへ集合。それから一斉攻撃をする作戦だって」

「俺たちは、それまで休んで体力を回復させるのが仕事……かな」

ルーシャが集合時間を伝え、俺はそれまでにするべきことを伝える。

「明日の朝……」

内容を聞いたティナは、手をぎゅっと握りしめる。少し震えていることから、恐怖を抱いているのだろう。

逆にダイアは、武者震いをしてやる気に満ちた表情をしている。

「フロイツさん、私たちにコカトリスなんて魔物……」

無理……そう言おうとしたティナを、ダイアが遮る。

「俺は討伐隊に参加したい！　冒険者として活動してるんだ、今までの成果を発揮したい……！」

「ダイア！　さすがに無茶《むちゃ》だよ……っ！」

「嫌だ、俺は冒険者だ！」

ティナが止めるけれど、ダイアは戦闘に参加する気満々だ。

確かに二人の実力だと心もとないが……フロイツはどうするつもりだろう。見ると、悩みながら二人を見ていた。

「……ティナは後方からの攻撃になるだろうから、比較的危険は少ないはずだ。ただ、何があるかわからないから魔物除けのポーションは必ず飲んでおくこと。ダイアは前衛になるから正直厳しいが……まあ、俺の横から離れないってんなら許可を出す」

「本当か!?　よっしゃ、サンキューフロイツ！」

「ちょ、フロイツさん!?」

フロイツが下した判断に、ティナが慌てるが……ダイアは大喜びだ。まあ、確かにティナの不安もよくわかる。

ただ、フロイツの考えていることも少しはわかる。

この大規模戦は、きっとティナとダイアにとっていい経験になるだろう。もちろん命の危険はあるだろうけれど、まだ駆け出しの二人が無理やり前線に立たせられることはないはずだ。

フロイツの目が届くところで……っていう条件下であれば、いいかもしれないと思う。危険だったら後ろに逃げればいいしね。

「でも、俺が危険だと思ったら二人とも後方に下がらせるからな。十分注意しろよ」

「もちろん！」

「……わかりました」

無理だと判断したら戦闘に参加させないというフロイツの言葉に、二人は頷いた。ティナはまだ不安そうだけど……きっと、これも必要な経験だと判断したのかもしれない。

俺もヒーラーとして、できる限りのサポートをしよう。

「んじゃ、明日に備えて俺たちは寝るぞ」

フロイツの言葉で、俺たちは一度解散となった。

俺は一人部屋に戻ると、ベッドに腰掛けて一息ついた。

……まさかこんな展開になるなんて、考えてもみなかったな。

「今やらなきゃいけないことは、寝て体力を回復することか」

睡眠時間はあまり確保できないかもしれないが、災害級とされる魔物相手に寝不足で戦いを挑むわけにはいかないし……。

俺たちが討伐隊となり攻撃を開始すると、今足止めをしている冒険者たちが一旦休憩になるらしい。十分休んだら、その冒険者たちも討伐隊に参加することになっている。

「かなり慌ただしくなりそうだな」

こんな大規模戦闘は初めてだから、しっかりと周囲の情報は把握しておきたい。いや、できなければ支援失格だ。

ヒーラーだから後衛ポジションになるだろうし、注意していればそこまで難しくはない……と、思いたい。

仲間に支援をし、戦いやすいようサポートをする。この世界に来て、初めての大規模戦だ。レイドなんて、ゲームみたいに言ったらきっと失礼だろうな。

「……大丈夫。俺は俺にできることを、精いっぱいやろう」

誰も口にはしていなかったが、災害級の魔物だ。……多分、死人だって出るだろう。俺の役目は、その人数を減らすこと。

――出させない、って言えたら格好《かっこう》いいんだろうけどなぁ。

さすがにそれを口に出すのは、重い。もちろんそのつもりで戦いには挑むけれど、そう簡単なものじゃない。

「……駄目だ、嫌なことばっかり考えちゃうな。もう寝よう」

詳細な作戦や戦闘配置に関しては、明日ギルドマスターから指示されることになっている。今はただ、体を休めることだけ考えよう。

ベッドの上に寝転がり、そのまま目を閉じる。

もしかしたら緊張で眠れないかもしれない。そんな不安を抱いたけれど……幸いなことに、昼間ダンジョンに行っていたおかげかすぐ眠りにつくことができた。

④ VSコカトリス

——翌日、早朝。

俺は自然と目が覚めて、すぐに部屋の窓を開けた。外の様子がどうなっているのか知りたかったし、もしコカトリスが見えたら……なんて考えてしまった。

「街に被害がないってことは、コカトリスはまだ来てないんだな」

きっと冒険者たちが必死に足止めしてくれているんだろう。俺は装備に着替えて、一階の食堂へ足早に向かった。


食堂はすでにルーシャ、ティナ、ダイアの三人がいて朝食の最中だった。

「おはよう。三人とも早いな」

俺が声をかけると、ルーシャが苦笑した。

「おはよう、ヒロキ。やっぱり緊張しちゃってね……目が覚めちゃった」

「私もです。おはようございます、ヒロキさん」

「はよ。やっぱこれからコカトリスと戦うってなると、どうしてもな。おちおち寝てられないっていうか……」

やっぱり三人とも、それぞれコカトリスのことが気になって寝られなかったようだ。

今は四人がけのテーブルに、ティナとダイアが隣同士、その向かいにルーシャが座っている。ルーシャの隣に座ると、宿屋の女将《おかみ》さんが朝食を運んできてくれた。

「ありがとうございます……って、避難してないんですか？」

一般人は、朝日が昇り出したら馬車で順次街を出るという予定になっていたはずだ。もしかして何か問題でも起きたのだろうかと、女将さんに聞いてみる。

「違うよ。あんたたちがこれからコカトリスと戦うのに、私たちだけ避難するのもね。……せめて朝食くらいは、あったかいものを用意してあげたかったのさ」

これくらいしかできないけどと、女将さんが微笑《ほほえ》む。

俺たち冒険者のために、危険を顧みず避難するタイミングを遅らせてくれたようだ。その気遣いに、胸が熱くなる。

「ありがとうございます。コカトリスは、絶対に俺たちが倒してみせます」

「それは頼もしいね。期待してるよ、冒険者さんたち！」

俺の言葉に、ルーシャたちもすぐに同意する。

「もちろん！　街に被害が出たら生活するのも大変だもん！　どうにかして、街に来る前に食い止めないと！」

「ああ！　市民を守るのも、俺たち冒険者の立派な役割だからな」

「私も精一杯頑張ります……！」

ルーシャとダイアは意気込み、ティナも夜のうちに腹をくくったらしい。さすがは冒険者、生半可な気持ちじゃない。

俺もしっかりしないとだな。

「んじゃ、とっとと食べて冒険者ギルドに行くか！」

「「「おー!!」」」

こうして意気込んだ俺たちだったが、うっかりフロイツを忘れて出発しそうになってしまったのは……内緒だ。

◆　◆　◆

冒険者ギルドに着くと、入り口の前には大勢の人が集まっていた。

「うわ、すごい人だな」

「みんなコカトリスの討伐隊に集まったんだね。私も頑張らないと！」

俺が驚いて声をあげると、横にいたルーシャも頷《うなず》く。

ギルドの前には簡易テントがいくつも張られ、その中では物資の補給や作戦の指示などが行われている。救護テントもあって、何人かの冒険者が運ばれていくのが目に入る。

……足止めして負傷した冒険者か。

まだ一斉攻撃は始まっていないが、状況はあまりよくないかもしれないな……。

フロイツが手招きをしたのに気づき、視線を向ける。

「とりあえず、俺たちも指示をもらおう。もうすぐ出発するだろうし」

「確かに、周りを見る前に確認しないといけないよな。見た感じだと……俺はヒーラーとして、救護テントになる可能性もありそうだな」

回復するのも大事な役目なので、支援職はここか前線か、どちらかの配置になるだろう。個人的には前線向きだと思うけれど、そこは指示に従うつもりだ。

……指揮系統を乱すのは本意じゃないからな。

俺はそう考えていたけれど、フロイツは首を振って否定を示した。

「いや、ヒロキは前衛か後衛支援になると思うぞ。ヒーラーで戦闘地帯に行ってもいいっていう奴《やつ》は、少ないからな」

「あー……そういえば、そんなことを聞いたな」

そもそも、人間でヒーラーの職の人は少ない。さらに冒険者として活動している人は、もっと少ない。

救護テントにいるヒーラーは、普段は診療所を開いている人たちだと教えてもらった。

「だから俺は戦闘班ってことか」

「そーゆーことだ。っと、ギルマスがいるのはあそこのテントみたいだな」

ちょうどギルドの入り口横、ひときわ大きなテントがあった。その前で、鎧《よろい》を身にまとったギルドマスターが指示を出している。

がっしりした体つきに、貫禄《かんろく》のある姿。さすがはギルドマスターだと、思わず身震いしてしまいそうなほどだ。

フロイツが率先してギルマスに声をかけると、すぐに反応してくれた。

「ああ、緊急招集を受けてくれた冒険者か。今回のこと、協力感謝する」

「冒険者として、当たり前のことだからな。こっちは、ナイト二人、マジシャン一人、アーチャー一人、ヒーラーが一人のパーティだ」

「それは助かる」

ギルマスの挨拶を受けて、フロイツが俺たちのことを紹介すると、すぐに役割が割り振られた。

「ナイトの二人は、前衛部隊だ。複数のチームがあって、ローテーションを組めるようにしてある。どのチームに所属するかは、現場に行って確認してくれ。身内同士、同じチームになるよう配慮してもらえるはずだ」

「わかった」

「はいっ！」

フロイツが頷き、ダイアは勢いよく返事をする。

「次に、マジシャンとアーチャーの二人は後衛チームに所属してくれ」

「わかりました」

「はい」

ルーシャとティナも頷き、了承する。

「もし不安があれば、後ろに下がってもらっても構わない。無理をして足手まといになってしまうと、士気が下がる」

さすがはギルマスというだけあって、言葉の中に厳しさが交ざる。おそらくティナとダイアがまだ若いから、そう言ってくれたんだろう。

そして最後に、俺の方を見た。

「ヒーラーだというが、戦闘に参加できるヒーラーだと考えて問題はないか？」

「はい。それで問題ありません」

「そうか……。ヒーラーは数が少ない上に、戦闘チームに加わりたくないという者たちばかりで厳しい状態になっていたのだ。感謝する」

「俺にできることでしたら、協力します。ヒーラーは、どれくらいの人数がいるんですか？」

詳しく聞くと、救護テントにいるヒーラーは一三人で、戦闘チームにいるヒーラーはわずか三人しかいないのだという。

つまり俺を入れて、現場のヒーラーは四人だ。

「なるほど……」

確かにこれは、厳しい戦いになりそうだな……。

「君は後衛部隊内で、支援をしてほしい」

「わかりました」

「現在コカトリスは、潮風のダンジョンと街の中間よりも……こちらに近い。街に入れるわけにはいかないから、なんとしても食い止め――」

ギルマスがそう言った瞬間、大きな鳴き声が耳に届いた。

『クエエエェェッ!!』


その声の音が、まるで一種の衝撃波のようだ。

ビリビリとした感覚を体に受けて、冷や汗が流れる。

「あれがコカトリス……!」

ゲームでよく出てくるコカトリスと、ほとんど同じ魔物がそこにいた。

体はニワトリで、その尻尾の部分は蛇。瞳は赤と灰色のオッドアイで、ぞっとするようなプレッシャーが襲ってくる。

冒険者たちの足止めも虚《むな》しく、コカトリスは街までやってきてしまったようだ。門が破壊されて、家が踏み潰される。

コカトリスは、無情にもこちらへ向かってきた。

「小さかったらただのニワトリなんだけどな……」

そうだったなら、ペットにして卵を採取してもいいかもしれない。けれど眼前にいるコカトリスのその大きさは、一〇メートル以上……!

「はは、あんなに大きいなんて……っ」

俺が乾いた笑いとともにそう叫ぶと、フロイツが声を荒らげる。

「ティナ、とりあえず後ろに下がれ！」

「は、はい……っ！」

コカトリスが翼を動かすと、空を飛ぶことはできないものの、かなりのジャンプ力があった。そのままこちらに突っ込んできて、全員が目を見開く。

どうすればいいかすぐに判断できず、誰も動こうとはしない。このままだと、何もできず全滅なんていう笑えないことになってしまう。

けれど、その心配は杞憂《きゆう》だった。

「——冒険者ギルド内へ退避!!」

「……っ!!」

空気を切り裂くようなギルマスの声に、全員が反応する。そしてすぐ、悲鳴をあげて冒険者ギルドの中へ入っていく。

優先されるのは、コカトリスが着地しようとしている地点にいた人たちだ。熟練の冒険者たちが誘導して、どうにか避難することができた。

コカトリスの足が冒険者ギルドに触れたけれど、押し潰されることはなかった。さすが、有事に司令部として使われるだけある。

「戦闘職以外は、全員ギルド内へ!!　戦闘職はコカトリスに攻撃を開始！　後衛部隊は、ギルドよりも後ろに下がれ!!」

「「おうっ!!」」

ギルマスの掛け声に冒険者たちが応えて、目前に迫ってきたコカトリスへ向かう。その前衛の数は、二〇人ちょっと。

……これくらいなら、どうにか頑張れるか？

「【シールド】【シールド】【シールド】【シールド】【シールド】……」

コカトリスへ向かう冒険者たちへ、優先的に支援スキルをかけていく。シールドの後は、リジェネ。その後は、何度かシールドをかけ直す必要もあるだろう。

突然始まった大規模戦闘に、俺は気を引きしめる。

「俺の配置は後衛……そっちの様子も把握した方がいいけど、ここから離れるのも……」

「くそ、【ヒール】【シールド】!!」

「ヒーラー！」

悩んでいたところで、味方のヒーラーがやってきた。それなら、俺は自分の持ち場である後方に下がった方がいいだろう。

『クエッ！』

俺が下がろうとしたとき、巨体を誇るコカトリスの攻撃が冒険者たちを襲う。

それを受け止めるのは、フロイツを含めたある一定以上の熟練冒険者たちだ。ダイアたちのようにまだ強敵との戦闘経験が少ない冒険者は、フロイツたちが攻撃を防御した隙をついて攻撃したりしている。

とはいえ、やはりでかい。

「でも、今のところは戦えてる！」

メインの攻撃主力は、マジシャンやアーチャーなどの後衛職だ。俺は、その後衛部隊の周囲で支援を行っている。

ここの支援は任せて、俺は後方へ急いだ。


「【シールド】【シールド】【シールド】……！」

ギルドより後ろの位置にある後衛部隊にやってきた俺は、一通りシールドをかけていく。コカトリスの攻撃が来ないとも言えないし、壊された建物の破片が風圧で飛んできていて危険だからだ。

そしてすぐに、二人を見つけた。

「ん、ん、【ファイアー】！」

ティナが魔法スキルで攻撃をし、ルーシャは……間違いなく味方に矢が当たってしまうので、物資の補給や怪我人《けがにん》の誘導などを行っているみたいだ。

ちょうど俺を見つけたらしいルーシャが、手を振ってきた。

「ヒロキ、回復お願い！」

「わかった！　っと、数人いるのか」

ルーシャが怪我をした冒険者たちを後方に連れて来たので、俺はすぐに運ばれてきた人たちを見る。

肩口をざっくりやられた男性に、腹部に打撃を受けたと思われる女性。そのほかには、打撃を受けて腕や足などを押さえている人が何人かいる。

怪我をした人たちが、縋《すが》るような目で俺を見た。

「【エリアヒール】【シールド】【シールド】……」

全員の回復に加えて、シールドをかける。すぐに冒険者たちの怪我が治り、ほっとした表情を見せる。

「ありがとう、助かった」

「いえいえ」

肩口をざっくりやられていた男性は、剣を手に取りながら俺に礼を言う。また前線に戻るのだろう。手遅れになる前に治せてよかった。

「前線にはヒーラーがいないから、死ぬかと思った……。まあ、なんとかなってはいるが」

「え？」

男性の言葉に、思わず聞き返す。なんとかなっているなら、ほかのヒーラーが支援に来たり何かしらしているということだろうか？

というよりも……。

「ヒーラーが前にいないんですか？」

だって先ほど見たときは、支援を担当しているヒーラーがいたはずだ。そのことを不思議に思いながらも、現状を確認する。

「いや、もちろんいたんだが……コカトリスが恐ろしいことと、魔力の残りが少なくなったからだろうな……後ろに下がったよ」

なるほどー。

ヒーラーの状態もわからなくはないが、さすがにそれは支援職として無責任なんじゃないのか。

「でもそのヒーラーが前にいなかったら、誰が回復するんですか？」

そう聞くと、男性は顔をしかめる。そしてその理由を、説明してくれた。

「ポーションだ。ほかに前に来たがるヒーラーなんていないし、もしヒーラーがやられでもしたら……誰が回復するんだ」

「ヒーラーは防御力がないから……ですね？」

「そうだ」

回復するために前に来てほしいけれど、それでヒーラーがやられてしまってはもっとまずい。確かにその言い分はもっともだ。

怪我をして後方に下がっても回復してもらえないという状況も、よくないからな。すると、そんな俺たちのやりとりを聞いていたほかのヒーラーたちが話に入ってきた。

「前線になんて、行けるわけがないだろう……！　あのコカトリスが目に入らないのか!?　俺たちヒーラーなんて、あいつが歩いた衝撃でやられちゃうよ！」

「できることなら、もっと後ろにいたいくらいなのに……」

ヒーラーの男性と女性が、首を振って後ろに下がる。その体は震えていて、彼らにとってコカトリスがどれほど恐ろしい存在かということがわかる。

……確かに、こんな人たちに前に行けとは言えない。

もし無理やり行かせたとしても、間違いなく足手まといになる。前衛がヒーラーのことを気にかけなければいけない分、不利になる。

そのとき、小さな舌打ちが耳に入った。見ると、俺が怪我を治した男性の冒険者だ。

ヒーラーが前線にもいたら、もっと戦いやすくなる……そう思っているのだろう。それは俺も理解できるので、彼の考えを否定したりはしない。

男性が何か言おうと口を開いたので、それを遮るように俺が名乗りをあげることにした。気持ちはわかるが、ここで口にしていい言葉ではないはずだ。

「なら、俺が前衛の支援として前に行きます」

「――っ!?」

俺の申し出が予想外すぎたのか、ヒーラーはもちろん、舌打ちした男性もあんぐりと口を大きく開けて目を見開いた。

「前にいたヒーラーが後ろに下がったなら、その代わりのヒーラーが必要でしょう?」

「それは、そうだが……」

文句を言う分にはよかったのかもしれないが、ヒーラーから名乗り出られたらさすがに戸惑ってしまうらしい。

困惑している人たちを見て、俺は笑顔を見せる。

「こう見えて、そこそこ経験は積んでるんですよ?」

「で、でも！　あなたヒーラーでしょう⁉　コカトリスの攻撃で死んじゃったらどうするの⁉　嘘《うそ》みたいな神話だけど、尻尾の部分が石化攻撃を仕掛けてくるとも言われているのに……っ‼」

ヒーラーの女性が心配して、俺を止めにかかる。

まあ、その気持ちもわからなくはない。でも、もう決めた。――というか、おそらくこれが一番の改善策だろう。

「大丈夫ですよ、心配しないでください。【リジェネ】【シールド】っと」

俺が自分に支援をかけるのを見て、女性は口を噤《つぐ》んだ。ヒーラーだけど、その前に冒険者であるということに気づいてくれたみたいだ。

「……わかったわ。でも、無茶《むちゃ》はしないで、厳しいと思ったらすぐ後方支援に戻ってきてね？　こっちにも、怪我人はどんどん運ばれてくるから」

「わかりました」

新しく来た怪我人にエリアヒールをかけて、俺は支援のため前線へ向かった。


見上げるほどの巨体は、もうすでにこの世界に来てから何度か見ている。けれど、そう簡単に慣れるものでもない。

……でかいな、コカトリス。

辿《たど》り着《つ》いた前線は、後方とは一〇〇メートルほど離れている。

数軒の家がコカトリスに潰されて、ぺちゃんこだ。周囲には砂埃《すなぼこり》が舞い、聞こえてくるのは悲鳴じみた声と、冒険者たちが戦っている音。

前衛が必死でコカトリスの侵攻を妨げ、攻撃を仕掛けていく。その合間には、後方から遠距離の攻撃がコカトリスにダメージを与える。

「はぁ、はぁっ、クロー、お前は怪我が酷《ひど》い、下がれ！」

「くそ……っ！」

「やばい、ポーションが足りないぞ……!!」

「また一人やられた、くそっ！」

前衛たちの声が、俺の耳にダイレクトに届いてくる。

現場は一応の統率を取れてはいるものの、圧倒的に押されているし、目に見えて疲弊している。

ポーションも足りていなくて、前衛の配置だったヒーラーは後ろに下がってしまいもういない。

当たり前だ。これで士気が上がるわけがない！

「【エリアヒール】【シールド】！」

俺は回復をして、前衛たちに次々とシールドをかけていく。これで、コカトリスの攻撃も多少は防ぐことができるだろう。

「【シールド】【リジェネ】、【シールド】【リジェネ】、【シールド】【リジェネ】、【シールド】【リジェネ】……」

全員にすぐシールドをかけ直すことは難しいので、継続して回復するリジェネも一緒にかけていく。これなら、攻撃を受けてもしばらくは持ちこたえることができるはずだ。

「ヒーラー!?　まさか前線に来てくれたのか！　助かる!!」

「これならまだ戦えるぞ!!」

「行くぞ、おらあああぁぁ！」

冒険者たちは、支援を受けると一気にやる気を見せた。

「やっぱり支援職は重要だよな……【リジェネ】【シールド】【エリアヒール】」

どんどん支援をしていくと、次第に冒険者たちがコカトリスを押し始めた。それゆえか、今度はコカトリス側に異変が起きた。

今までは鳥の部分……前足やクチバシ、翼で攻撃を仕掛けてきていたが、尻尾の部分の蛇が意識を持って動き出したのだ。

あれって、もしかしてもしかしなくても石化攻撃だよな!?　さっき会ったヒーラーは神話のような伝説だと言っていたけれど……そんなことはなかったってことだ。

コカトリスの蛇が『シャアアァッ！』と声をあげ、数人の冒険者に向けて何かスキルのようなものを使った。

攻撃を仕掛けようとしていた冒険者たちは、ピタリと勢いを止めてしまう。手は動いて剣を振り回しているから、足が動いていないみたいだ。

「そういうことか……！」

見ると、足の部分からどんどん石になっていっている。

「うわっ！　石化の、ポーション……っ」

攻撃を喰《く》らった冒険者たちが慌ててポーションを手に取ろうとするが、それより先に俺がスキルを使う。

「【キュア】」

状態異常を回復するスキルに、冒険者たちはぱっと表情を輝かせる。

「サンキュ！　これでもっと戦える――うわっ！」

「【シールド】！」

咄嗟《とっさ》にスキルを使い、冒険者のフォローをする。さらにその先では、コカトリスが蹴りを繰り出し負傷している人が視界に入った。

「【エリアヒール】！」

すかさず回復スキルを使って怪我を治し、続けてシールドをかける。蛇も石化攻撃をしているのがわかったので、さらにキュアも使う。

「【シールド】【シールド】、それから【リジェネ】っと！」

「ありがてぇ！　ヒーラーが一人いるだけで、すっげぇ楽だ！」

「そう言ってもらえると支援のしがいがありますね、【エリアヒール】！」

前衛を務める冒険者たちが持ち直したが、コカトリスに決定的な一撃を入れられないでいる。それに、ほんの少しずつ街も壊されているし、早いとこ結着をつけないといけない。

◆　◆　◆

コカトリスの足元からは土埃が上がって、前線では激しい戦いが繰り広げられている。私は足がすくみそうになるのをぐっと耐え、両手を前に突き出して魔法スキルを使う。

——しっかりしろ、ティナ！

今は自分にできることを、頑張るしかない。前線にはヒロキさん、ダイア、フロイツさんがいて懸命に戦ってるんだから。

「……んっ、【ファイアー】！」

けれど、私の魔法は威力が弱い。コカトリスに当たりはするけれど、ダメージを与えているかどうかは見ていてもわからない。

そして後衛がいる場所にも、攻撃は飛んでくる。それは主に、コカトリスが羽ばたいた際の羽だったり、巻き上げられた瓦礫《がれき》や木材など。

「きゃぁっ」

「ヒーラー、シールドを張って!!」

怪我を負った人たちが叫び声をあげた。

私にはヒロキさんのかけてくれたシールドがあるけど、その残り回数もあと一だ。

「【ファイアー】！」

もう一度、魔法スキルを使う。少し呼吸を落ち着けたら、もう一度――いけない、コカトリスが翼で起こした風で瓦礫が飛んできた。

「きゃぁぁっ！」

私のシールドはあっけなく切れて、腕に怪我をしてしまう。すぐポーションを使って回復するけれど、ダイアとフロイツさんに渡したから残りはあと一つ。

……もう、後ろに下がった方がいいかな？　そんな臆病な私が顔を出す。

「駄目、頑張って強くなるって決めたんだもん！」

そう気合を入れた瞬間、前方から私を目がけて多数のガラス類が飛んできた。シールドはもう切れてしまっていて、私に防ぐ手立てはない。

「――ティナちゃんっ！」

「あ……っ!!」

私が動けずにいると、横から飛び出してきたルーシャさんに抱きしめられた。すぐ、私を庇《かば》ったのだということに気づく。

ルーシャさんはシールドが少し残っていたようですべての破片が当たることはなかったけれど、腕や背中がぱっくり切れて赤い血が流れる。

「ルーシャさんっ!!　なんで……っ！」

「いてて……、よかったティナちゃんが無事で。私なら大丈夫だから、ね？」

全然平気じゃないのに、ルーシャさんは優しく微笑んだ。そして、私を見て活を入れてくれる。

「確かに怖いかもしれないけど……戦わなかったら、私たちの負けだよ。ティナちゃんはマジシャン――コカトリスに攻撃する役目なんだよ！」

「あ……」

その言葉に、ハッと息を呑《の》む。

そうだ、前衛のみんながコカトリスをこちらに来ないように戦いながら食い止めてくれてる。それを無駄にしたら冒険者失格だ……！

私は涙ぐみそうになった目元を擦《こす》り、まっすぐ前を見る。

「ごめんなさい。ありがとうございます、ルーシャさん。戦えます！【ファイアー】！」

「うん！」

手を前に構えて、魔法を使う。しかし同時に、体がわずかに重くなる。魔法を連続で使ってたから、魔力が減ってきたんだ。

もう、魔力切れで倒れるなんて情けない姿は見せられない。私は自分の魔力量を意識しながら、もう一度ファイアーを放った。

◆　◆　◆

まだまだ元気なコカトリスを見て、俺はうぅ～んと考える。どうにも、今のままだと倒せるビジョンが浮かんでこない。

決定的な一撃、それがこんなにも大変だなんて。いつもはルーシャがいるから、火力について不安に思ったことはほとんどなかった。

「やっぱり災害級の魔物だと、厳しい……か？」

どうしたものかと悩んでいると、「ヒロキ～！」と俺を呼ぶ声が聞こえた。

「ルーシャ！　何かあったか？」

「怪我して前線から下がってくる冒険者が減ったから、余裕ができたの」

だからこっちの様子を見に来たのだと、ルーシャが俺の横に来る。

「そっか。どうにかコカトリスの侵攻は食い止めてるんだけど、どうにも決定的な一撃が与えられてなくて――って、ボロボロだし怪我してるじゃないか！　【ヒール】!!」

「ありがと、ヒロキ」

よくよく見たら、ルーシャは衣服がボロボロで、背中なんて大きく裂けてしまっている。

「一応ヒーラーさんにヒールをしてもらったんだけど……魔力も限界みたいで。ヒロキはすごいね、一瞬で治っちゃった！」

「そんな軽く言うなよ……」

表面上は動揺を見せていないけれど、内心でめっちゃびびったから。どうやら、コカトリスが動いたときの風圧で飛んできたガラス片で怪我をしたようだ。

「……っと、今はコカトリスか。正直、攻撃があんまり効いてなさそうで、倒せるのか微妙な気がしてたんだ」

こちらも負けてはいないが、勝ててもいない。

ルーシャは俺の言葉を聞いて、悩みつつ後衛の現状を教えてくれた。

「ティナちゃんも頑張って魔法スキルを使ってたけど、魔力が切れそうになったから後ろに下がったよ。このまま持久戦になると、こっちの魔力が尽きるのが早そう」

「そうなると厄介だな……」

どうにかして強烈な一撃を――そう考えて、ルーシャがいるじゃんと至極当然の答えが脳裏に浮かんで俺はポンと手を叩《たた》く。

とはいえ、ルーシャが普通に攻撃をするとほかの冒険者に当たる確率は九九パーセントくらいだろうか。コカトリスに当たる確率といえば、一パーセントといったところ。

……でも、ルーシャの一撃ならかなりでかいだろうなぁ。そう考えると、せっかくここにいるのに攻撃に参加しないのはもったいない。

俺がそう考えていると、コカトリスがジャンプをして攻撃を仕掛けてきた。

「――っ、【シールド】」

そしてコカトリスが着地をする瞬間を見て、俺の中に一つの考えが浮かぶ。

「ルーシャ、もしかしたら……すぐ倒せるかもしれない」

「え？」

「危険かもしれないけど……コカトリスがジャンプして着地する直前に、真下に潜り込んで攻撃するんだ」

それなら、自分の目の前にいる敵ということと、空に矢を撃つから余程のことがない限り外れることはない……はずだ。

仮に矢がそれたとしても、俺がほかの冒険者たちにシールドをかけておけばダメージを受けることはない。

そう説明すると、ルーシャが悩むそぶりすら見せずに頷いた。

「そんな大役が務まるか不安はあるけど、ヒロキがそう言うなら絶対に成功すると思う。必ず期待に応えるから、フォローお願い」

「もちろん」

コカトリスのジャンプ攻撃が増えてきているので、きっとチャンスはすぐに来るだろう。こまめに冒険者たちにシールドをかけ直し、声をかける。

「コカトリスがジャンプをしたら、アーチャーが攻撃をするから、少しずつ前を空けてもらっていいですか？」

「はっ!?　それだとコカトリスがさらに街を壊すだろう!?」

食い止めきれないと叫ぶ前衛に、多少であれば俺が前衛を務められることを伝える。

「それは、シールドでってことか？　確かにスキルを切らさずにかけられたら、攻撃は受けないかもしれないが……」

何があるかわからないから、それは無理だろうと言い切られてしまう。

「でも、このままだと後衛の魔力とポーションが先に切れます」

「……っ！　それは……」

「だから一度だけ、チャンスをください」

俺がそう頼み込むと、少し向こうにいたフロイツがこちらに来た。

「そいつなら俺の仲間で、信頼できる。アーチャーも転職間近で、攻撃力は高い。一回だけでいい、信じてやってくれっ!!」

「だからって……ああくそっ、わかった、わかったよ。このまま消耗していくことなんて、俺たちだってわかってるんだ。それなら、その作戦をやってみろ！」

「ありがとうございます！」

前衛の冒険者たちからオーケーが出たので、俺とルーシャは顔を見合わせて頷いた。

――よし。

ここからは回避ヒーラーとしての、俺の本領発揮タイムだ。

「ルーシャ、いけるか？」

「うん！　いつでもいいよ！」

「よし……！　【シールド】【リジェネ】【シールド】【リジェネ】」

自分とルーシャにシールドと、もしものときのためにリジェネを使う。

「あとはコカトリスがジャンプしてくれるのを待つだけだ」

少しずつ冒険者たちが後ろに下がったのを確認して、俺はその開いた場所へ行く。そしてコカトリスの足が、俺に向かってきて――

ミス！

「――っ！」

「おいおいおい、まじかよ……あのヒーラー、コカトリスの攻撃を避《よ》けやがったぞ!?」

前衛の誰一人として避けられなかった攻撃を俺が回避したので、一気にざわめきが前線を駆け巡った。

コカトリスも攻撃を避けられたことがわかったのだろう、今度は五月雨《さみだれ》のごとくクチバシで俺を狙う。

ミス！

ミスミス!!

……災害級の魔物だけど、一匹なら俺の回避の方が勝ってる。

これならいけそうだと、俺はほくそ笑む。

ミス！

「うわっ、どうなってんだ？　俺は死んで、夢でも見てるのか……？　なんでヒーラーが、コカトリスの攻撃を喰らわないんだ？」

「ありえねぇ……だが、コカトリスの攻撃を……避けてる、避け続けてる!!」

「ヒーラーってのは、嘘だったのか？」

「いや、ヒールもキュアも、シールドだって使ってた。ヒーラーなのは、間違いないだろ……」

ただただ目の前の光景が理解できないと、ほかの冒険者たちはそんなことを口にした。それを見たルーシャがくすりと笑って、スキルで矢を作る。一気に七矢だ。

「……全員下がれ！　アーチャーの嬢ちゃんが、攻撃するぞ!!」

「「「はいっ！」」」

俺の回避を見たからか、全員がすんなり前線から下がり終えた。間違いなく、回避への価値観も変わっているだろう。

そしてコカトリスはまた、俺に向かって攻撃を繰り出す。


ミス！


——うん、順調だ。

翼を使ったり、足を使ったりと、コカトリスの攻撃はほとんどが直接的な物理だ。一撃がすさまじい威力を持っているので、まどろっこしいことをする必要はないのだろう。

防御力重視の前衛が盾で防いだとしても、多少なりともダメージや負荷がかかる。今も、コカトリスが俺を踏み潰すために足を上げた。

きっと俺のステータスが回避じゃなくて防御だったら、攻撃を防ぐために集中していただろうなと思う。

ミス！

コカトリスの攻撃を避けるたびに、後ろから「おおぉっ！」と歓声が沸き起こる。きっと誰もが、これならコカトリスを倒せると思っているだろう。

――なら、その期待に応えるだけだ。

「あとはコカトリスがジャンプするのを待つだけ――きた！　ルーシャ!!」

強力な一撃を喰らわせようと思ったのか、コカトリスが先ほどよりも高くジャンプをした。その姿は勇ましく、太陽の光がまるでコカトリスを讃《たた》えているようにすら見える。

俺は眩《まぶ》しさに目を細めながらも、空高く跳んだコカトリスから目を離すことはしない。

『クエエエッ!!』

「あれじゃあ、ルーシャの格好の的だな」

ルーシャが俺のすぐ横に来て、コカトリスを睨《にら》みつけた。

「いくよ、【エンチャントアロー】からの……【ライトアロー】！」

コカトリスがジャンプから着地する、そのギリギリを狙う。普通の人間なら恐怖で足がすくんでしまうだろうが、ルーシャは動じることなく矢を放った。

凛《りん》とした立ち姿で、腕をぐっと引き、まっすぐ——真上から落下してくるコカトリスに向けて。一気に七矢。放った後も余裕があったからか、さらに五矢も追加で放った。

最初の矢は、七矢中三矢が命中した。次の五矢は、そのうちの二矢が。

「やったぁ……っ！」

無事に当たったことを喜んだルーシャは、すぐにコカトリスの着地点になる場所から離れる。俺はそのまま立っていたけれど——

ミス！

回避があるので、なんの問題もない。

どおおぉんという大きな音と土埃を立てて、コカトリスが地面へと倒れ込んだ。ルーシャの矢が刺さった箇所からは血が流れ、かなりの致命傷になったということがすぐにわかった。

しかし、さすがは災害級……というところだろうか。ルーシャの攻撃をいくつも受けたというのに、コカトリスはまだ生きていた。

ルーシャも倒しきれなかったことに気づいたようで、表情を曇らせる。けれど、それはほんの一瞬で……すぐに、ほかの冒険者たちに向かって声を張り上げた。

「コカトリスが弱っている今、一斉攻撃のチャンスです！」

「「「おおおぉぉぉぉぉっ!!」」」

前衛の冒険者たちが、一斉に攻撃を再開する。

地に落ちた鳥——まあ、ニワトリだが。それをフルボッコにしているのだから、決着なんてあっという間だ。

結局ルーシャの攻撃が決め手となり、コカトリスを倒すことができた。

◆　◆　◆

「まさか、災害級の魔物を倒す日が来るなんてなぁ……」

俺が倒れているコカトリスを見ながらそう呟《つぶや》くと、ルーシャが隣へやってきた。その手には温かいスープとパンがあり、昼食として支給されたと教えてくれた。

「俺の分も持ってきてくれたのか、サンキュ」

一口飲むと、スープのおかげで体が温まる。

「どういたしまして」

「……やっと終わったなぁ。戦ってる時間自体はそんな長くなかったはずなのに、長い時間……戦ってたような気がする」

よかったとルーシャに笑いかけると、どうにも浮かない顔をしている。

「……でも、私の攻撃だけじゃ倒せなかったから……もっともっと、強くならないと」

「ルーシャ……」

エルフ特有の長い耳をぴんとさせて意気込む姿は頼もしいが、正直ルーシャは十分強い。もちろん、さらなる高みを望むことを止めたりはしないけれど。

……俺だって、もっと回避を上げたいしな。

どうも俺たちは似た者同士のようだ。


街は入り口とその周辺が破壊されてしまったが、災害級の魔物が出たことを考えると、とても少ない被害で済んだとみんなは喜んでいた。

街の住人はすでに避難をしていた後で、冒険者サイドに負傷者や死者が数人出た程度だとギルドマスターが言っていた。

負傷者に関しては俺とほかのヒーラーで回復をしたので、戦いの怪我が残っている人はいない。けれど、通常であればヒーラーの魔力が切れ、回復ポーションの在庫も切れているのに……と、ほかのヒーラーが話しているのを聞いた。

まあ、俺の魔力は今のところ底なしだからな。エリアヒールやシールドを使いまくったけれど、まったく魔力切れになる気配はない。


俺はふと気になって、コカトリスを見ながらルーシャに質問をする。

「そういえば、倒したコカトリスはどうするんだ？」

魔物は放置しておくと時間経過で自然と消えるが、さすがにあの大きさだから……どうなんだろう。

「あますことなく素材として使うんだよ。皮や翼は装備に使えるし、血や肉だって……ええと、何かの薬として使うとかなんとか」

「へぇ……」

すると、ちょうどタイミングよく、食事を終えた冒険者たちとギルドの職員が追加で解体作業を行うためにやってきた。

俺とルーシャは邪魔にならないよう、少し下がる。

「参加した冒険者には、後日報酬が支払われるみたい。それで、もしコカトリスの素材がほしければ優先的に回してくれるって言ってたよ」

「そうなのか？　なら、ちょっと見たいかも……」

どんな装備に使えるかはわからないが、災害級の魔物の素材……レア度はかなり高いはずだ。

「なら、聞いてみよう。もしよさそうなのがあれば、買い取らせてもらおうよ」

「ああ！」

さっそくルーシャと二人でコカトリスを解体している人たちに話しかけると、わあぁぁっと歓声とともに受け入れられた。

「大活躍したヒーラーとアーチャーの二人じゃねえか！」

「お前たちのおかげで死なずに済んだ、ありがとう！」

「俺も、もう死ぬかと思った。あんちゃんのヒールがなかったら、きっとここにはいなかっただろうなぁ」

「コカトリスに入れた弓の連撃も格好《かっこ》よかったぞ！」

俺が支援をしていたことと、ルーシャがコカトリスに致命傷を与えたということは、ほとんど全員が把握しているようだ。

こうやって感謝されると、なんだかちょっと恥ずかしいな。

「ありがとうございます。少しでもお役に立てたなら、よかったです」

「私なんてまだまだ未熟者で……みなさんの力があったからこそ、倒せたんだと思います」

俺とルーシャがそう言うと、冒険者たちが笑う。

「なんだなんだ、二人して謙遜ばっかり」

「そういや、何かほしい素材部位でもあったか？」

「おお、そうだったな。こんな高級素材、もう二度と手に入らないかもしれないからな。二人はこの街の救世主なんだから、どこを持っていっても誰も文句は言わねえぜ？」

そう言って、俺とルーシャをコカトリスの前に押し出した。

すでに解体が終わっている部分もあり、お言葉に甘えてよさそうなものを——そう思ったときに、一枚の羽が目に留まった。

「これって、なんですか？」

コカトリスの羽だということはわかるのだけれど、俺が指差したものだけ色が違った。白と灰色のものではなく、うっすら金色に光り輝いている。

ルーシャが俺の指先を見て、「あっ！」と声をあげた。どうやら、この羽の正体を知っているらしい。

「そっか、そうだよね……コカトリスって鳥だもんね」

「ルーシャ？」

「これは、コカトリスの『風切羽』だよ。風切羽っていうのは鳥が持つ後ろ部分の羽のまとまった名称なんだけど、強い魔物は一枚だけ特殊な風切羽を持っていることがあるの」

災害級の魔物コカトリスだから、稀少《きしょう》な風切羽があったっていうことか。これはこれは、ルーシャの転職前になんというラッキー！

「それなら、俺たちがほしい素材は決まりだな」

「え、でも……装備に使える素材もいっぱいあるよ？」

ルーシャがハンターに転職するためには、風切羽が必要だ。

なのでそれを選ぶのは当然だと思ったんだけど……ルーシャは申し訳なさそうにして、耳をへによりと垂れさせる。けれど、その耳がぴくぴく動いてもいるので……間違いなく嬉《うれ》しいんだろう。

その様子がちょっと可愛《かわい》くて、思わず笑う。

「ヒロキ？」

「いや、いいよ。装備の素材はまた手に入れられるけど、転職に必要な風切羽はこれ以上いいものをってなると難しいだろうし。この風切羽を神殿で見せつけて、しっかり転職させてもらおうぜ！」

「……うんっ！　ありがとう、ヒロキ！」

ということで、無事に転職に必要なアイテムをゲットだ。あとはこれがいくらするか……というのが問題か。

一応それなりに持ち合わせはあるけど、足りなかったらダンジョンにこもるなりなんなりすれば足りない分を稼ぐことができるだろう。

「俺たちは風切羽がほしいんですけど、ギルドマスターに購入の確認とかをすればいいですかね？」

対応してくれていた冒険者たちにそう聞くと、違うとばかりに首を振られた。

うん？

「ギルドマスターにはもう確認してあって、活躍した二人には特別に素材を報酬に上乗せすることになってるんだ。だからもう、その風切羽はお前らのもんだ」

「え……」

「嘘、ただでもらっていいの!?」

俺とルーシャが驚きを隠せずにいると、風切羽を手渡してくれた。

「ハンターに転職したら、さらに強くなれるだろ？　期待してるぜ、嬢ちゃん」

「……ありがとうございます。絶対、ハンターになってきます！」

「おう。未来のハンターが楽しみだな！」

冒険者たちみんなが拍手してくれて、ルーシャの転職を応援してくれた。のだが、そこに「ちょっと！」と後ろから待ったがかかった。

振り向いてみると、そこにはドワーフの女の子がいた。むすっと不機嫌そうな表情で、解体作業をしていた人を見ている。

「な、なんだぁ……？」

その眼力がすごくて、思わず作業者たちが一歩後ずさる。すると、これみよがしにコカトリスへ近づいてその素材をナイフで剝《は》ぎはじめた。

「あなたたち、活躍したアーチャーがそんなボロボロの装備で……なんとも思わないの？」

「え……私？」

「そうよ、この街を救った英雄よ！　だったら、然《しか》るべき装備になるべきじゃない。【採寸】」

ドワーフの女の子はスキルを使ってルーシャの服のサイズを測り、勝手に剝いだ素材を手に持ってゆっくりルーシャの服に触れた。

「【修復】【生地生成】【デザイン形成】……これでいいわ」

「わ、すごい……服が一瞬でできちゃうなんて」

ルーシャは驚きに目を見開いて、自分の服を見る。

緑色がベースになっているのはそのままで、生地はコカトリスの素材を使ったことによって丈夫になっている。

首と腰の部分には髪留めと同じピンク色のリボンがつき、スカートの裾からは白いフリルが覗《のぞ》く。

黒のニーハイにルーシャの白い肌が映えて、なんだか前よりドキドキしてしまう。

「「「おおぉ……」」」

ほかの人たちも感嘆の声をもらし、あっという間に仕上がったルーシャの装備を見ている。

とはいえ、こんな勝手をして大丈夫だろうか？　貴重な素材を無断で使ったようなものだ。もちろん、こちらとしてはすごく嬉しくはあるけれど。

ドワーフの女の子はその場にいる全員に視線を巡らせ、口を開いた。

「文句のある人はいるの？」

「「「まったくありません！　ありがとうございます!!」」」

「よろしい」

誰か一人くらいは文句を言うかと思ったけれど、そんなことはなかった。みんなが、ルーシャの新しい装備を褒め讃えている。

俺も話を聞いてみたくて、ルーシャとドワーフの女の子のところへ行く。

「ありがとうございます、すごい装備を作ってくれて」

「いいのよ。コカトリスが倒されなかったら、私も死んでたかもしれないから。それじゃあ、私はもう行くわね」

「えっ、もうですか!?」

「待って！　服を作ってくれたお礼もしたいのに」

俺たちが慌てて止めようとするが、女の子は振り向いてくれもしない。けれど手を上げながら一言、「私がお礼をしたのよ」とだけ告げた。

なんとも痺《しび》れる格好よさだ。

「……よかったな、ルーシャ」

「うん。新しい装備の素材が豪華すぎてちょっと緊張しちゃうけど……これからもっと頑張れるような気がする」

名乗りすらしなかったドワーフの服職人の女の子、か。俺たちは感謝を込めて、彼女が見えなくなるまでせめてもと見送った。

風切羽を手に入れた俺たちは、冒険者ギルドの前でフロイツたちと合流した。これから一度宿屋に戻って休む予定になっている。

「みんな無事でよかったあぁぁ～っ！」

会ってすぐ、ティナが涙目になりながら俺たちのところにやってきた。

「ティナも怪我がなくてよかった。大丈夫だったか？」

「はい！　私は後方から魔法を使ってただけですから。とはいっても、途中で魔力が尽きてしまったので……今まで休んでたんです」

回復したてで、ティナもフロイツたちと合流したばかりのようだ。

「ルーシャさん、装備が新しくなってる！　もう買ったんですか？」

驚くティナに、ルーシャは先ほどのことを説明する。横にいたフロイツたちも、男前のドワーフがいたもんだと嬉しそうだ。

「何はともあれ、よかったよかった！」

フロイツは俺の背中をばんばん叩き、「お疲れさん！」と労《ねぎら》ってくれる。

「しっかしヒロキとルーシャには驚かされるな。まさかコカトリスまで倒しちまうなんて」

「冒険者のみんなが頑張ってくれてたからですよ。私の攻撃だけじゃ、倒せませんでしたから」

「いやいや、ルーシャはもっと胸を張っていいぞ？」

どこか謙遜するルーシャに、フロイツはもっと堂々としていろと言う。隣にいるダイアも頷いて、自分が見ていたことを話してくれた。

「俺は前の方にいたから見てたけど、ルーシャは本当に格好よかった。俺なんか、いざコカトリスの前に行ったら震えたし……」

ダイアは意気込んでいたより上手《うま》く体が動かなかったようで、悔しそうだ。

それを横で見ているフロイツは見守るような視線を向けている。今回のことで、ダイアが自分の実力と向き合えたことが嬉しいのだろう。

「あんなでかい魔物との戦闘だったんだから、震えるのなんて普通だろ。これからもっとたくさん経験して、慣れればいいさ。ダイアはまだまだ成長期だろうし」

「……ああ。ヒロキにも負けないくらい、強くなってやるさ！　な、ティナ」

「うん！　私ももっともっと頑張る」

ティナも拳を握って意気込みを告げたところで、ふいに声をかけられた。

「おお、ここにいたのか」

「ん？」

振り返ると、冒険者ギルドからギルドマスターが出てきたところだった。そういえば最初に指示をもらってから、特に関わりがなかったな……。

「君たちがコカトリスへ致命傷を負わせてくれたと聞いたよ。ありがとう、感謝する」

「いえ。冒険者として当然ですから」

ギルドマスターは若干疲れが見えていて、目の下にうっすら隈《くま》ができている。今回のことに徹夜であたっていたと考えると、それも仕方ない。

後始末も大変そうだ。

「しかも〝避ける〟、回避ヒーラーだとかいうじゃないか。そんなステータスは初めて見たが、いや……すごいものだな」

「ありがとうございます。ですが……やっぱり被害が出てしまっているのは悔やまれますね」

「ヒーラーだからと、そんなに抱える必要はない。街に被害が出てしまったが、最悪の想定よりはずっと少ないからな。誰もがみな、感謝しているよ」

最悪の場合、街が全壊していただろうとギルドマスターは言う。それどころか、周囲の村や街もコカトリスに襲われ……いったいどれほど犠牲が出たか考えたくもないと。

「そうそう、素材も受け取ってくれたそうだね。あとは報酬が後日分配されるから、受け取ってくれ。違う街の冒険者ギルドで受け取ることもできるぞ」

「風切羽と装備用の素材をいくつかいただきました。彼女がこれから転職なので」

「ああ、ハンターの転職に必要なアイテムだったね。素晴らしい素材だから、きっと神殿の神も気に入ってくれるだろう。いいハンターになるのを、楽しみにしているよ」

ギルドマスターはルーシャに笑いかけて、頑張れと応援してくれた。

「はい！　もっと強くなって、冒険者としていろいろなことをしたいです」

「これは期待大だな。今回のことを考えると、将来どんな偉業を成し遂げてくれるのか……年甲斐《としがい》もなく、わくわくしてしまうよ」

そんなことを話していると、ギルドからギルマスを探して職員が出てきた。どうやらこれから打ち合わせを行うらしく、忙しそうにしている。

「こちらにいたんですね、ギルドマスター。会議の準備ができたので、席についてください」

「ああ、わかった。……今回の協力、誠に感謝する。それじゃあ、俺はこれで失礼する」

「はい」

ギルドマスターは、最後に俺、ルーシャ、フロイツ、ティナ、ダイアを見て礼を告げてくれた。

そのままギルドへ入っていくのを見送ってから、俺はフロイツを見る。

「ギルドマスターって、大変だな……。休む暇もなさそうだ」

「そりゃあ、これだけのことがあったからな。さて、俺たちも宿に行って寝よう」

フロイツが歩き出したので、みんなでその後に続く。

俺たちがお世話になっていた宿は冒険者ギルドより街の中心寄りなので、コカトリスの被害を受けてはいない。

宿に行く途中で、片付けや改修にあたっている街の人たちからは、ありがとうとお礼の言葉をもらった。

5 いざゆかん、タンジェリン大陸！

「コカトリス討伐を祝って、カンパーイ!!」

「「「乾杯！」」」

宿屋に戻ると、さっそくフロイツがエールのグラスを手に取った。俺たちも苦笑しつつ、その乾杯の音頭に続く。

帰ったら寝ると言っていたのはフロイツだったと思うのだが……まあ、それも仕方がない。

戻ってみると、宿屋の食堂にはたくさんの料理が用意されていたのだ。

コカトリスの討伐成功を聞いた女将《おかみ》さんが、避難から戻ってきて冒険者たちのためにご馳走《ちそう》を作ってくれていた。

自分たちも避難したり大変だったろうに、冒険者たちの方がもっと疲れているから……と。

「はぁー、戦った後のエールは格別だな！」

「フロイツさんはいっつもそう言ってるじゃない」

ティナが苦笑しつつ、果実ソーダを飲んでいる。そして俺とルーシャを見て、今後の予定を聞いてきた。

「海を越えてタンジェリン大陸に行くんですよね？　コカトリスの騒動のせいで港も今は船が出ていないですけど……聞いた話だと、明日から本数を減らして運行するみたいです」

「え、そんなに早く船が動くのか？」

「はい。漁に出ないと魚もあまり確保できませんからね」

それもそうだと、ティナの話に納得する。

ここでは食材を冷凍保存するということはしないので、採れた食材は数日のうちに消費するのが一般的だ。

「なんだ、明日から出るならすぐにでも行ってくればいい。ルーシャだって、転職は早い方がいいだろ？」

「そりゃあ、私はその方が嬉《うれ》しいけど……でも、復旧作業とかもあるのに」

自分の都合で転職しに行くのはなんだか申し訳ないと、ルーシャが悩んでいる。

けれど、フロイツは笑いながら「気にすんな」とエールを一気に飲み干した。

「復旧作業って言っても、俺たち冒険者にできることはそんなにないさ。瓦礫《がれき》の撤去や修繕用の資材の運搬くらいなら手伝えるかもしれないが……被害は街の一角だけだから、そこまで人手はいらねぇよ」

「街の人が積極的に手伝ってるし、明日の朝には瓦礫の撤去も一段落ついてるんじゃないか？」

「え、そんなもんなの……？」

重機などがないことを考えると、街の復旧はかなり大掛かりになって時間もかかるんじゃ……と思っていたけれど、そうでもないらしい。

俺の疑問に、ダイアは軽く頷《うなず》いた。

「ここまで大きい街が魔物に襲われることはほぼないけどさ、村なんかだと襲われることがたまにあるんだよ。災害級とかじゃなくて、ちょっと強い魔物とかだけど」

「そうだな、村はたまにあるなぁ……。だから、結構この手の復旧に慣れてる人も多いんだ」

「なるほど……」

たまにあるの頻度がどれくらいか気になったが、なんとなく聞きづらい。

この世界に召喚されてから何度か村に宿泊することもあったけど、そういったことはなかった。

……運がよかったと思っておこう。

そういえば、村の入り口には村の人が門番のように立っていたことも思い出す。

「そういうのがあるなら、拠点にするのはやっぱ街の方が安心なんだな」

「つっても、村だってそうそうないぞ？　十数年に一回とか、そんな感じだ。周囲の魔物によっても変わるから、立地の問題もあるだろうなぁ」

「村だと山の近くとかが多いから、魔物も街の近くよりはいそうだな」

魔物の有無で住む場所を考えるのは大変だけれど、確かに重要だ。どの街や村にも強い冒険者がいればいいが、そう上手《うま》くもいかないか……。

俺みたいに冒険者ならいいけど、そうじゃないなら魔物なんて怖いだけだ。

「ということだから、別に復旧うんぬんはそんな気にしなくて大丈夫だろ」

「なら……風切羽も手に入れたし、できるだけ早めに行きたいかな？　そうすれば戦力アップで、もっといろんなところに行けるし！　ね、ヒロキ」

「そうだな。明日の午前中の船に乗ってみるか」

「うん、賛成！」

こうしてあっさり、明日の船で獣人の住む場所……タンジェリン大陸へ行くことが決まった。

◆◆◆

コカトリス戦から一夜明けて、俺は早く目が覚めてしまった。

「……寝たのが夕方過ぎくらいだったからな」

朝からコカトリスと戦い、その後は食事をして眠りについた。ベッドに入って三秒で寝てしまい、今までずっと爆睡していた。

そう考えると、まあまあ寝た方かな？　街の様子を見ると、だいたい六時くらいだろうか。

「ルーシャはまだ寝てるだろうし……ああ、船のチケットでも買っておこうかな」

定員オーバーで乗れないなんてことになったら切ない。俺はベッドから出て普段の装備に着替えると、宿屋を出た。


「ん～！　いい潮風だ」

港は朝から活気に溢《あふ》れていて、もうすでに漁も行われているようだった。

近くの市場では新鮮な魚が売られ、買いに来ている人もいる。それに加えて、復旧作業をしている人たち用に炊き出しなどを用意しているみたいだ。

「さて、タンジェリン大陸に行く船は……っと」

周囲を見回すと、シンプルな漁船とは違い、装飾のある客船を発見した。荷物を持った人たちが乗り込んでいるので、きっとあそこから船が出ているんだろう。

ちょうど桟橋のところで、待合所を兼任した建物があった。

扉を開けて中へ入ると受付があり、船に乗る人たちが並んでいた。数人待っているので、早めに様子を見に来てよかった。

列に並んで順番を待って、船の出航状況を聞いてみる。

「いらっしゃい。タンジェリン大陸行きの船は、毎日夕方に出てるよ。着くのは翌日の午前中……っていうとこだね」

タンジェリンに行くには、船の中で一泊するのか。豪華客船みたいで、楽しそうだ。

「コカトリスが出た後ですけど、船の本数は減ったりしてないんですか？」

「漁や近くの島に行く船の本数は減ってるけど、タンジェリン行きは前から一本だよ。まだチケットには余裕があるけど、どうするんだい？」

「なら二枚お願いします」

「はいよ。一人一〇万ロトだから、二〇万ロトだよ」

さすがは船、いいお値段だ。

俺は料金を支払って、船のチケットを受け取る。あとは夕方から船に乗れば、明日にはもうタンジェリンだ。

宿屋に帰る前に、コカトリスとの戦闘場所までやってきた。瓦礫などの片付けがどうなっているか、ちょっと気になったからだ。

すると、すでに八割がたの撤去が済んでいた。

「うわ、早い……」

「みんな協力してくれてるからね」

無意識のうちに呟《つぶや》いていたら、ちょうどカゴにたくさんのパンが入った差し入れを持ってきたおばちゃんが返事をしてくれた。

「うちの息子夫婦の定食屋が被害にあってね。知り合いや常連さんも駆けつけてくれたから、人手は十分さ」

「みたいですね」

「あんたは冒険者だろう？　コカトリスと戦ってくれたのかい？」

「はい。緊急招集なんて初めてで、最初は驚きましたけど……」

討伐に参加したことを伝えると、おばちゃんは「ありがとう」とお礼を言ってくれた。

「それじゃあ、俺は宿に戻りますね」

「ああ。ゆっくり休むんだよ」

「もう十分すぎるほど、寝かせてもらいましたよ」

「そりゃよかった」

　俺の言葉に、おばちゃんが笑った。


　宿屋へ帰る道すがら、開いている店に入って食料を買い込んでおく。日持ちする干し肉がメインで、あとはお菓子類を少し。

　船の中で食べてもいいかな……そう思っていたら、前からルーシャが手を振りながらこちらにやってきた。

「ヒロキ～！　もう、起きたらいないんだから！」

「ああ、ごめん。船に乗り損ねるといけないから、チケットを買ってきたんだよ」

「そうなの？　ありがと。何時に出航なの？　午前中？」

「その予定だったけど、船の時間が夕方だって。だから、船の中で一泊する感じかなぁ」

　時間や乗り場の説明をすると、ルーシャは「楽しそう」とはしゃぐ。

「なら、フロイツたちに挨拶しないとね」

「そうだな。みんな宿屋にいるのかな？」

「うん。今日は依頼もなしにして、休むって言ってたから」

　さすがにコカトリス戦の翌日に依頼っていうのは、ハードすぎるもんな。……ルーシャだったら普通にダンジョンとか行きそうだけど。

「ヒロキ、あっちに蜂蜜売ってるよ！　買っていこうよ！」

「え？　でも、あれってタンジェリンから仕入れてるんだろ……？」

蜂蜜の店を見つけたルーシャに、俺は苦笑する。

今買うより、タンジェリンで本場の蜂蜜を買った方がいいんじゃ……そう思っていたのだが、ルーシャに違うと言われてしまった。

「これは自分のじゃなくて、ティナちゃんたちへのお土産！　蜂蜜が一口分ずつ小分けになってるから、風邪予防とかにもいいんだって」

「蜂蜜は殺菌作用とかあるから、確かにいいかもしれないな。寝る前に飲むのもいいって言うし」

蜂蜜って自分ではなかなか買わないしなぁ……。それに、フロイツは自分で蜂蜜を買うっていうがらでもないし。失礼かもしれないけど。

そんな話をしたからか、野宿で体調不良になるかもしれないし、自分たちの分も買っといた方がいいような気がしてきたぞ。

ルーシャがティナたちへあげる蜂蜜を選んでいる間に、俺は自分とルーシャの分を購入しておく。

「よし、これにしよっと！　どうかな、ヒロキ」

お土産用にとルーシャが選んだ蜂蜜は、小指程度の大きさの小瓶が三つずつ袋に入っているものだった。コンパクトで持ちやすそうだ。

「うん、いいと思う」

「それじゃあ買ってくるね！　って、ヒロキも買ったの？」

「俺とルーシャの分。野宿することも多いし、あってもいいかなって」

「私のも？　ありがとう、すっごく嬉しい！」

ルーシャがはにかんだように微笑《ほほえ》んで、嬉しそうに蜂蜜を鞄《かばん》にしまう。

フロイツたちの分の会計を済ませたので、あとは宿に戻ってフロイツたちに挨拶をすれば出発だ。

◆　◆　◆

宿屋に戻ってきてさっそくフロイツとダイアの部屋へ行くと、そこにはティナもいて、三人で今後のことを話し合っていたようだ。

ティナは疲れがまだ残っているようで、少し眠そうな顔をしていた。

「おう、ヒロキ。どうしたんだ？」

「今日の夕方の便でタンジェリンに行くことにしたから、それを伝えに来たんだ」

「チケットは取れたのか？」

「問題なく」

フロイツに招き入れられて、俺とルーシャは椅子に座る。

「二人部屋だと、結構広いんだな」

四人がけのテーブルがあって、フロイツがベッドへ腰掛け、ティナとダイアが椅子に座っていた。

なので、向かい合う形で席についた。

「パーティで活動してる場合が多いから、二人部屋以上は広い机のある部屋が多いんだ」

「ああ、作戦会議ができるように？」

「ま、そんなとこだな」

人に聞かれたくないスキルの話だってあるだろうし、こういう場所は大切だなぁと改めて思う。大人数なら、なおさらだ。

「……いざ別れるとなると、寂しいですね」

「だな。でも、また会えるんじゃないかな？　今回だって、パーティ組めたし」

しょんぼりしているティナに、俺は大丈夫だと微笑んでみせる。拠点の街が移動になって会いにくいかもしれないけれど、まだまだ旅は続けるしな。

「……そうですね。もっともっと強くなっておくので、今度は難易度の高いダンジョンに行きましょう！」

「難易度の高いダンジョンか……楽しみだな。俺も、支援スキルを磨いておくからさ」

ヒーラー……もといプリーストとして、まだまだ多くのスキルを覚えることができるだろう。ハンターに転職するルーシャだって、すごい可能性を秘めている。

「ヒロキさんはもう十分強いのに……それだと、追いかけてるのにどんどん離されちゃいます」

「あはは、期待してる」

「ああもう。でも、頑張ります……！」

俺たちが今後のことを話していると、ダイアも「俺もっ！」と手を上げた。

「また一緒にパーティ組もうぜ」

「もちろん。ダイアも転職目指して頑張れ」

「おう！　あとはやっぱり、ダンジョン踏破だな！　もっとも一っとスキルを覚えて、活躍の幅を広げるんだ」

やっぱりスキルは重要だと考えているようで、ダイアたちはこれから比較的難易度の低いダンジョンを攻略して、スキル獲得の書を手に入れる作戦のようだ。

わかる、スキルはいろいろ使ってみたいし、あると便利だからな。

「俺もだけど、ティナの魔法スキルの種類も増やさないとな。ほら、魔物の弱点属性の魔法を使えたら強いだろ？」

「そうだな、最低でも火のほかに水、風、土の四属性は使えたらいいと思う。……でも、なんのスキルを獲得できるかは運だからなぁ」

「ほんとそれ。しかもさ、難易度の低いダンジョンだとスキル獲得の書もあんまり出ないっていうし……」

先は長そうだと、ダイアが肩を落とす。

「一緒に頑張ろうよ、ダイア！　難易度の低いダンジョンだったらクリアできるし、スキル獲得の書だって手に入れたことがないわけじゃないんだし！」

「ティナ……そうだな、あきらめなきゃスキル獲得の書だって手に入るもんな！」

「うん！　ヒロキさんたちと一緒にパーティ組めるように、頑張ろうねっ！」

「ああ」

ふんすとやる気になっているティナに、ダイアも笑って応えている。

……っと、そろそろ船の時間があるから港に行った方がよさそうだ。ルーシャに視線を送ると、頷いて鞄から蜂蜜を取り出した。

「はい！　さっきお店で買ってきた蜂蜜。みんなにお土産だよ」

「お、サンキュ！」

「わぁ、ありがとうございます。ルーシャさん」

「すごい、黄金色だ……」

フロイツ、ティナ、ダイアが嬉しそうに受け取ってくれた。

中でも、ティナは小瓶をうっとりとした表情で見つめる。やっぱり女の子だと、こういったものが好きなんだろうな。

「紅茶に入れてもいいですし、パンに塗ってもいいですよね。もちろん、このまま食べても美味《おい》しそうです！」

さすがは女の子、食べ方を迷ってしまうほどのようだ。

フロイツは俺を見てから、窓の外を見る。少し日が沈み始めているので、時間を気にしてくれたのだろう。

「船に乗り遅れたら大変だからな。もう行くんだろ？」

「え、もうそんな時間ですか……？」

すぐに反応したティナは、寂しそうに下を向く。俺のことを兄のように慕ってくれていたから、きっと別れが辛《つら》いんだろうな。俺も、ティナのことは妹みたいに可愛《かわい》いと思っている。

ティナはちらりと顔を上げて、俺を見た。

「……また一緒に狩りをしましょう、ヒロキさん」

「もちろん」

「絶対ですよ？」

「ああ、約束」

「はいっ！」

笑って小指を差し出すと、ティナも笑顔で頷いてくれた。指切りをして、また今度一緒に狩りに行くことを約束する。

「俺は……っ」

「うわっ、ダイア？」

ダイアが突然大きな声を出したので、思わずびくっと肩が跳ねる。

「ヒロキが頼れるくらい、すごい前衛になっておくからな！」

「それは期待しとかないとだな！」

まるで宣戦布告でもされたような雰囲気だが、ダイアが言っていることはごく普通のことだ。俺もダイアが支援を任せてもいいと思い続けるような、そんなヒーラーでいよう。

「そんじゃ、行くか？」

フロイツは立ち上がり、港まで送るよと言ってくれる。ティナはもっと話したかったと残念そうにし、ダイアは意気込みがたっぷりだ。

「うん！　ハンターになって戻ってくるよ」

「ルーシャのハンター姿を見れるまで、あと少しだな」

俺がルーシャの言葉に頷くと、フロイツたちも同意してくれた。


そのまま全員で港まで行って、見送ってもらう。

「んじゃ、頑張ってこいよ！　回避ヒーラー！」

「フロイツこそ、ちゃんとティナとダイアの保護者をしろよ？」

「わーってるって！　二人とももっと強くなるさ」

俺がフロイツとふざけながら話していると、ティナが俺に体当たりするかのごとく抱きついてきた。うおっと。

「ヒロキさん～！　うぅぅ……っ」

「ティナ!?　どうしたどうした」

「やっぱり、別れは寂しくて……っ」

ちょ……っ！

突然のことでどうしていいかわからず、俺はみんなを見る。

フロイツはにやにやしているし、ダイアはなんだか不機嫌そうだ。そんな顔して俺を見るな！

ルーシャは若干むすっとしている気がしなくもない。

俺は仕方なく、ティナの背中を優しく撫《な》でる。

「別に今生の別れっていうわけじゃないんだから、な？」

「……はい。ごめんなさい、困らせちゃって」

ティナが潤んだ目を擦《こす》って、無理やり笑顔を作ってくれた。

「私も大陸を渡れるくらい強くなって、ウィザードを目指します！」

「うん。ティナならきっと、いいウィザードになるよ。俺が保証する」

きっとこの場の誰も知らないんだろうけれど、ティナは……先代の魔王の娘であり今代のティト様の双子の妹だ。

まだティト様に出会っていなかったころは、魔王っていうくらいだからどんな人物かと戦々恐々としていたけれど……妹想《おも》いで、ゲーム好きの女の子だった。

まさか魔王が年下だなんてさ、いったい誰が想像するっていうのか。

ティト様とは一緒にゲームをして、チームになって先々代魔王の派閥と決闘をしたりした。それから帰還の手掛かりになるであろう魔法陣の鍵、レベル上げや決闘に協力したお礼に貴重な素材などもくれた。

ただ、やっぱり魔王。可愛いだけの女の子ではなかった。レベルが低くて魔法の制御が上手くいっていなかったけれど、レベルを上げたら高度な魔法スキルを操ってみせた。

ティナはそんなティト様の妹だから、魔法スキルの才能は間違いなくトップクラスのはずだ。もしかしたら、次に会ったときはとんでもないウィザードになっているかもしれない。

「ヒロキさん」

「ん？」

「……私がすごいウィザードになったら……一緒にパーティを組んでくれませんか？」

じぃっと……ティナのオレンジ色の瞳が俺を見てきた。願望、という言葉が当てはまるような、そんな視線。

さっき一緒にダンジョンに行く約束をしたばかりだっていうのに、ティナは心配性だな。

「もちろん。また一緒にパーティを組んでダンジョンに行こう」

「……はい。ありがとうございます、ヒロキさん」

ティナはにこりと微笑んで、俺から離れてフロイツの横へ行く。そして俺たちに手を振って、すうっと息を吸った。

「いってらっしゃい、ヒロキさん、ルーシャさん！」

「うん、いってくる！」

「またお土産買ってくるからね！　いってきます！」

フロイツたちに見送られながら、俺たちはタンジェリン大陸へ行く船に乗り込んだ。

◆　◆　◆

船の中は、俺が予想していた以上に──揺れた。

「うわっ、これは……やばいっ」

「嵐かと思っちゃうほど揺れるねぇ」

揺れに翻弄されながら歩いて、用意された部屋に辿《たど》り着《つ》く。一人部屋は三畳ほどしかないため狭いけれど、一晩寝るだけならこんなものだろう。

床にはクッションが一つ置いてあり、天井からはハンモックが吊《つ》られている。

「ハンモックって初めてだ」

「私も！　なんだか寝るのが楽しみかも」

もし床で寝るなんてことになったら、船の揺れで部屋の中をコロコロ転がり回るはめになっていたかもしれない。それは嫌だ……！

「これなら揺れもあんまり気にならないかもしれないな。とはいえ寝る時間には早いし……船の中でも見て回るか」

「賛成！」

俺とルーシャはそれぞれ部屋に荷物を置いて、甲板に出てみた。

港から出るときはすごく揺れていた船も、今では少し落ち着いてきた。気をつけて歩けば転びそうになることもないし、まっすぐ歩くこともできる。

「ずっとあの揺れかと思ったけど、そうじゃなかったみたいだね」

ルーシャは心底ホッとした様子で、俺もよかったと胸を撫でおろす。

船の中では、乗客が思い思いのことをして過ごしている。

海を見ている人や、武器の手入れをしている冒険者。酒を飲んでいる人もいれば、雑談を楽しんでいる人だっている。

「お？　あれは何をしてるんだ？」

その中でも、目についた人だかりがあった。俺はルーシャに知っているか尋ねると、あっさり頷いた。

「あれは行商人だよ。船の上で、ちょっとした商売をしてるみたいだね」

「へぇ……俺たちも行ってみよう」

「うん」

船の上でシートを広げて、その上でちょっとしたアクセサリーと魔物の素材販売を行っていた。

ちょうど男女のカップルがネックレスを購入して立ち去るところで、残っているのは素材を見ている数人の冒険者たちだ。

「こんばんは、冒険者かい？」

店主のおっちゃんは、いいもんが揃《そろ》ってるぞと俺たちに商品を見せる。

「冒険者です。魔物の素材なんかも扱ってるんですね」

「そうだよ。これからタンジェリンで売って、また向こうのものを仕入れて戻ってくるのさ」

一緒の船に乗り合わせたご縁ということもあり、これから売る品を先に売ってくれるらしい。

タンジェリンに行ったらまずはルーシャの装備を整えるから、弓に使えるいい素材があれば購入したい……くらいだろうか。

俺の分はまだ考え中だからとりあえず保留で、先にルーシャの分。

素材を見ていると、ざぶんと船が大きく揺れる。思わず転びそうになって船の手すりに摑《つか》まると、冒険者たちが俺を見る。

この揺れでも普通に立っているので、船に慣れているか……すさまじい体幹の持ち主なんだろう。

「なんだ、もしかして船は初めてか？」

「そうなんですよ。今はまだいいですけど、出航してすぐは揺れが激しくて驚きました」

日本では乗ったことがあるけれど、この世界の船は初めてだ。今まで自分がどれだけ快適な船旅しか経験してなかったかわかるな……。

話しかけてきてくれた冒険者は笑って、そうだろうと頷いた。

「俺も初めて乗ったときはやばかった。しかも船酔いまでしたから、タンジェリンに着くまでずっとグロッキーだった」

「うわ、それはきっついですね……」

俺は乗り物にはそんなに弱くないが、酔ってしまったら辛いということだけはよくわかる。酔い止めも、そんないいものがあるとは思えない。

……何度も旅費の高い船に乗ってるってことは、それなりに強い冒険者かな？　そんな疑問が脳裏に浮かぶ。

素材に関して聞いてみたら、アドバイスをもらえるかもしれない。

「相方の弓を作るのに素材を探してるんですけど、何かおすすめってありますか？」

「ん？　弓か……それなら、この素材なんかいいと思うぞ。弓というより、装備全般に使えるかな」

冒険者が手に取った素材は、何かの液体が入った瓶だった。……なんの液体だ？

色は青でどろっとしているように見えるが、いい予感がしない。そもそも液体っていう素材の時点で血か体液じゃないか……。

俺がどんよりした顔をしたからか、今度は行商人のおっちゃんが笑う。

「別にそんな怖いもんじゃないさ。これはスライムを圧縮した液体だよ。装備品に塗ると、かなり丈夫になるぞ」

「「え……」」

俺と、後ろで見ていたルーシャの声がハモる。どうやらルーシャもこの液体の正体を知らなかったようだ。

「スライムがそんな風になるなんて、聞いたことないけど……」

本当にスライム？　と、ルーシャは勧めた冒険者と行商人を見る。

「特殊な加工になるから、取り扱ってる商人は少ないんだぞ？　俺ほどの商人になっても、たまに仕入れるのがやっとだからな」

「世の中には不思議なものがあるんですね……」

ほかの冒険者たちを見ると、この素材のことを知っている人と知らない人が半々くらいみたいだ。

ちなみに値段は五〇万ロトとお高め。

買うべきか？　怪しいから買わないべきか？　……でも、今回を逃したらなかなか手に入れられないかもしれない。そう考えると、購入するのがいいんだけど……。

「うーん……。ルーシャ、どうしよう？」

「装備が丈夫になるんだよね……？　弓の手入れはしてるけど、かなり酷使してるから……ほしいかなぁ」

「あーそうか、手入れだけだと大変だもんな」

毎回宿屋に帰ってきてゆっくり手入れができるならいいけれど、俺たちの場合は野宿も多い。階層の多いダンジョンに行ったら、それこそ簡単に帰ってはこられないし……。

間違いなく装備は丈夫な方がいいな……！

「わかった、それを買って弓を作る素材として使おう」

「やった！　ありがとう、ヒロキ」

「別に礼を言う必要はないよ。パーティのものだしさ」

ほしいものがあれば遠慮なく言ってくれたらいい。

「お前さんたち、本当に買うのかい？」

「え？　はい、そうするつもりですけど……何か問題でもありましたか？」

驚いた様子で問いかけられたので、俺は首を傾《かし》げる。もしかして、これは客寄せ商品で非売品だった……なんてオチでもあるのだろうか。

「違う違う」

しかしそうではなかったようで、行商のおっちゃんはぶんぶん首を振って否定した。

「いや何、いい値段のアイテムだからね。珍しくて手に入りにくいものだとはわかっていても、そうぽーんと買う人はほとんどいないんだよ」

だからびっくりしたのだと、理由を教えてくれた。

「これを簡単に買ってくってことは、お前さんたちかなりの腕の冒険者なんだなぁ。……っと、五〇万ロトになるよ」

「なるほど……そういうことでしたか。ダンジョンに行きまくって稼いだので、少し余裕があるんですよ」

俺はそう返事をしつつ、五〇万ロトを渡してスライムの液体を受け取る。そのまま鞄にしまいながら、なんとなく復活したりしないでくれよ……なんて思う。

「まいどどうも。いい装備ができるといいな」

「はい、ありがとうございます」

取引が終わったところで、空からゴロゴロ……と、雷の音が聴こえてきた。慌てて空を見上げると、船の向かう先に黒い雲がある。

雨は降っていないが、きっと時間の問題だろうな。

「うわ、雷雨か……」

「そろそろ商売もしまいだな。ほら、お前たちも部屋に戻って寝た方がいいぞ」

「だなぁ。雷雨を見るとタンジェリンに来たって感じがするし、起きたら着いてるかな」

「俺たちは先に戻る、じゃあな」

冒険者たちは一足先に部屋に戻るようで、その場から立ち上がってこちらを見た。

「貴重な素材を買えました、ありがとうございます」

「素材のこと教えてもらってありがとうございました！」

「おう！　いいってことよ！」

冒険者たちは部屋に戻り、行商のおっちゃんも片付けを始める。俺たちもやることはないので、部屋に戻って寝た方がいいだろう。

……雷雨ってことは、嵐に近いよな。船は沈まないのかとか、いったいどれくらい揺れるのかとか、不安はたくさんあるけど……。

「俺たちも部屋に戻りますね」

「ああ。いい商売をありがとう。いい旅を！」

「こちらこそ、ありがとうございます」

俺とルーシャは部屋に戻って、そのままタンジェリンに着くまで休むことにした。

◆　◆　◆

朝が来て、俺はとてもぐったりしていた。なぜかって？　すさまじい雷雨で船が揺れに揺れたからに決まっているだろう……!!

後半は慣れてきたのとましになってきたこともあって、多少は寝ることもできた。

……というわけで、獣人の住むタンジェリン大陸に到着だ。

「うわ、うわ、うわあぁぁ……すっごい！　こんな街、初めて見たよ」

「すごい、自然の街っていう感じだな」

タンジェリン大陸の街は、木の上に家が作られていた。

海が森の中に入り込み、移動は小舟。もしくは、木の上に作られた道を歩くというスタイルのようだ。簡単に言えば、ツリーハウスでできた街だろうか。

木々の下の方は色が濃くなっているので、時間帯によっては潮が満ちて辺り一面が海になってしまうということが見ていてわかる。

街の人たちは、ほとんどが獣人。それからエルフがいて、人間もいる。港街ということもあって、ここは様々な種族が滞在しているんだろう。

「まずは冒険者ギルドに行って、地図を買うか」

「うん！　弓を作ってる鍛治師のシューゼルさんも探さないといけないしね」

「そうだな」

ルーシャの弓は、紹介状をもらったシューゼルという鍛治師へ頼む予定になっている。

ハンターに転職する神殿から、一番近い村に住んでいるドワーフだという。

なんでも弓のみを作る鍛治師で、ドワーフの間でもちょっとした有名人らしいという情報は得ている。……ただ、気まぐれなこともあって、すぐに依頼を受けてくれるかはわからないらしい。


階段を上って木の上にある道に出ると、冒険者ギルドが見えた。

「さすがにギルドは木の上に造ってないんだね」

「重いだろうしな。特殊な鉱石で造ってるってフロイツも言ってたし」

冒険者ギルドは海の中から建てられていて、入り口は木の上にある道に面していた。多くの冒険者が出入りしている様子は、どこの大陸でも同じだ。

早速中に入り、まずはどんな依頼があるか掲示板を確認してみることにした。

「どれどれ～？」

ルーシャが楽しそうに依頼を見て、ふんふんと頷いている。

「蜂蜜畑の見張り、特殊な薬草の採取、護衛……基本的な部分はそんなに変わらないみたいだね」

俺も依頼書に目を通してみたが、変わったものはなさそうだ。

「自然が多いから、採取系が多いみたいだな」

「うん。本当は移動がてら護衛の依頼を受けたら報酬ももらえていいんだろうけど、私たちはダンジョンがあれば寄ったりするからね」

「護衛しながらだと、移動費も依頼者持ちだもんな」

そこそこ戦闘に慣れてきたら、護衛の依頼を受ける冒険者は多いとルーシャが教えてくれる。

「とはいっても、隣街までとか……近隣が多いけどね。長距離や危険なところへの護衛は、腕がないと務まらないし」

「依頼主の身分が高かったりしても面倒だろうしな……。そういう知り合いができるっていうメリットも大きいけど」

「それもあるねぇ」

身分が高くても、民のことを考え、俺たちに協力してくれたイシュメルやルチア様のようにいい人もいることはわかっている。

けど、やっぱりこの世界の王族や貴族たちとはあまり関わり合いにはなりたくない。

「つと、受付に行って情報を聞いてみよう。ハンターの神殿までの地図を買わないと」

「そうだったね。行き方も確認しなきゃ」

空いている受付へ行って、俺たちは初めてタンジェリン大陸に来たということを伝える。

「こんにちは、ようこそタンジェリン大陸へ！」

にぱっといい笑顔で迎えてくれた受付嬢は、たれ耳が可愛い犬の獣人だった。にこにこ顔で「ご用件承ります！」と手を叩《たた》いた。

「よろしくお願いします。ハンターへ転職するために来たので、神殿までの地図がほしいです」

「転職！　おめでとうございます、了解いたしました～！」

すぐに引き出しから地図を取り出して、カウンターの上で見せてくれた。

「今いる場所は、港街のハグー……ここです」

受付嬢が指を指したのは、ロークァット大陸からの船が着く場所。そこから少し南東を指差して、俺たちを見た。

「ここにハンターへ転職するための神殿があります。そのすぐ近く……ここに、チャーチルという村があります。滞在するなら、ここの村がいいですね」

「ふむふむ……」

地図上で見たら、そこまで遠くはなさそうだ。今までの経験からすると、乗合馬車で二日……といったところだろうか。

「乗合馬車か何か出ていますか？」

「はい、出てますよ！　ただ、チャーチルへの直行便は毎日出てないんです。三日に一回で、次の便は明日ですね」

チャーチルが小さな村であることと、転職の神殿にはそうそう行く機会もないため、あまり馬車の本数が多くないようだ。

なら、今日は観光して一日のんびり過ごそうかな。

「タンジェリンの地図と、乗合馬車の出てる場所を教えてくれますか？」

「もちろんです！　この街は海に面していますが、陸地方面に行くと半分ほどで地面が顔を出します。そこからもう少し内陸へ行くと、大きな牧場があって、そこが乗合の馬車も運営していますよ。行けば、すぐにわかると思います！」

「ありがとうございます」

なるほど、海にしずんでいるのは街の半分くらいなのか。

「こうやって海に面している街はここ以外にもあるんですか？」

「ああ、ありますよ！　海に面している街や村はこんな感じですけど、内陸でも雨季になると大きな水たまりができたりするので……大抵の場所が、木の上に家を造ってますよ」

となると、タンジェリンでは木の上で生活することになりそうだ。それはちょっと楽しみかもしれない。

「それはそうと……もう通貨の両替はしましたか？」

「「あっ！」」

受付嬢の言葉を聞いて、俺とルーシャは声をハモらせる。そうだ、大陸によって通貨が違うことをすっかり忘れていた。

「ここはほかの大陸と行き来のある港街なので、すべての通貨を使うことができます。ですが、ほかの街や村では使えませんから注意してくださいね」

くすくす笑う受付嬢に、俺は両替をお願いする。

「はい、かしこまりました！　タンジェリンの通貨は『ジェン』です。八五〇〇ロトで、一万ジェンになりますよ」

お、ロトの方が価値が高いのか。

ん～……しばらくタンジェリンに滞在するし、ルーシャの弓だって新しくする。これからも旅は続けていくし、多目に両替しておいていいだろうな。

「それじゃあ、とりあえず一〇〇万ロトでお願いできますか？」

お金を取り出して机に置くと、少し驚かれた。

「わわ、お強い冒険者さんなんですね！　すぐにご用意しますので、お待ちくださいませ！」

「お願いします」

しばらくルーシャと雑談をしながら待っていると、両替を終えた受付嬢が戻ってきた。ジェンの硬貨は動物の肉球マークが刻印されていて、思っていたより可愛いものだった。

「ありがとうございます」

「両替しないで街を出てたら、大変だったね」

苦笑するルーシャと一緒に、対応してくれた受付嬢にお礼を言って冒険者ギルドを後にした。


俺たちは街を観光した後、宿をとった。

古い大きな木の内部をくり抜き、そこに建設されたファンタジーな宿屋。中には植物がたくさんあり、デザインされた森にいるみたいだ。

「綺麗《きれい》だねぇ。壁から花も咲いてるし、なんだか建物じゃないみたい！」

「見た目は木だしな」

「あはは、そうだったね！」

案内されたのは、六畳ほどの部屋だ。

ふわふわのベッドに、小さな机と椅子が置かれている。壁からは花が咲いていて、なんとも可愛らしい部屋だ。

俺がベッドに腰掛けると、ルーシャが椅子に座った。

「よーし、明日からのスケジュールを決めちゃおう！」

「そうだな。乗合馬車は朝一だから、早めに寝ないといけないし」

どうやら獣人の街は朝が早いらしい。

乗合馬車も、朝の八時ごろに出発すると冒険者ギルドで教えてもらった。ちなみに、夜は酒場を除いたほとんどの店が七時前には閉まってしまうらしい。

ルーシャが机に地図を広げて、日程の確認をしている。

「明日の朝にここを出て、夜に途中にある村で一泊して……その翌日のお昼過ぎにハンター神殿近くのチャーチル村に着くんだよね？」

「そう言ってたな。思ったより早く着くんだなぁ」

「タンジェリンは馬の質がいいみたい。やっぱ育ててる環境かなぁ？」

道の整備ではなく、馬か。そういえば乗合馬車を運営しているのも牧場だって言ってたもんな。育ててるのも獣人だし、何かコツがあるのかもしれない。

比較的早く着くことが嬉しくて、弓やハンターへの転職のことも確認する。

「まずは村で弓を作ってもらって、それから転職の神殿に行きたいな。どうせなら、新しい装備を持って行きたいし」

「ああ。作るのに時間もかかるだろうし、先に鍛治師でいいと思う」

弓を作るために渡す素材も、ルーシャと一緒に話し合う。

「アプリコット大陸で手に入れた『土竜《もぐら》の髭《ひげ》』と、船で買った『スライムの液体』の二つだよね」

「それと、魔鉱石を使おうぜ。成長する武器なんて、めちゃくちゃ格好《かっこ》いいじゃん」

「え！　そんな貴重なものを使うのは……もったいないけど、使わない方がもったいないか」

魔鉱石は、ティト様からもらった稀少《きしょう》な鉱石だ。

成長するという特性を持ち、質のいいものはほとんど市場に出回ることがない。手に入れようと思っても、そう簡単にいかない代物の一つ。

「ってなると、貴重な素材が三つも!?　私の弓、いったいどれだけ豪華になるか……まったく予想ができないよ～!!」

「すげぇ攻撃力になりそうだな！　俺も楽しみだ」

「早く明日にならないかなぁ……出発したくてたまらないよ！　ダンジョンに寄り道してる暇なん

てないくらい！」

ルーシャがダンジョンに行かなくていいと言うなんて、よっぽど弓の完成が楽しみらしい。思わず俺の頬《ほお》も緩む。

「んじゃ、今日はさっさと寝て明日に備えるか。もし寝過ごしたら三日待たなきゃいけないしな」

「はっ！　そうだよね、もう寝なきゃだよね！　おやすみヒロキ!!」

「え、あ……ああ」

さすがに早すぎるからのんびりどこかに夕飯でも食べに——そう言おうとしたけれど、ルーシャは慌てて部屋を出ていってしまった。

……いや、別に残念なんかじゃないんだからな……。

6 ルーシャの転職と新しい弓

「ヒロキ～！　朝だよ～!!」

翌日、ドンドンとドアを叩《たた》く音と、嬉《うれ》しそうなルーシャの声で目が覚めた。窓の外に視線を向けると、空気の澄んだ朝の空が見えた。

「ふあああぁ……起きたよ。おはよう、ルーシャ」

ドアを開けてルーシャに声をかけると、嬉しそうな笑顔が俺を見た。

「おはようヒロキ！　馬車の時間があるから、早くご飯にしよう！」

「着替えたら行くから、先に食堂に行ってて」

「うん、わかった」

ルーシャが階下の食堂に行くのを見送って、俺は装備に着替え始めた。

◆　◆　◆

ガタゴトと乗合馬車が向かう先は、ハンター神殿近くのチャーチル村だ。

俺たちは無事に港街のハグーから乗合馬車に乗り、その近くまでやってきた。先方を見ると、うっすら視界に村が入ってきた。

「あそこがチャーチル村かな？」

「よさそうな村だな」

赤色の屋根に、レンガ造りの建物。村の入り口にはたくさんの花が植えられていて、明るく華やかな場所だということがわかる。

村をぐるりと囲む柵の部分を見ると、それに蔦《つた》が絡んで花が咲いている。その近くには蜂が飛んでいるので、この村でもきっと養蜂を生業《なりわい》にしているんだろう。

平和でのどかそうな様子を見て、滞在が楽しみになる。

そこを進むと、幹の太い大きな木を入り口にして、螺旋《らせん》階段が設置されていて木の上に登ることができるようになっている。


村に着いて馬車を降りると、村人たちが歓迎してくれた。

規模はあまり大きくなく、おそらく村の人口は二〇〇人弱程度だろう。そのほとんどが獣人で、犬、猫、うさぎ、鳥と、種類は様々だ。

子供たちは嬉しそうに馬車のところへやってきて、「お菓子は～？」と御者へ声をかけた。

「もちろんあるよ。今日はチーズも持ってきたから、それも見てくれ」

「まあ、いつも助かるわ」

「私もチーズをもらおうかしら」

今度は子供たちの親がやってきて、御者へ話しかけた。そのまま荷台にあった荷物に案内しているので、行商も一緒に行っているのだろう。

小さな村だと日用品を手に入れるのも大変そうだ。

「俺たちはドワーフのシューゼルさんを探すか」

「小さな村だから、すぐ見つけられそうだね」

木の上にできた道を歩きながら、周囲を見回す。ちなみに、下を見ると一面の畑と養蜂箱などがある。

きょろきょろしていたら、ふいに弓の看板が目に入った。

「あ、あそこじゃないか？」

「本当だ！」

赤茶の屋根に、小さな扉。家の煙突からは煙が上がり、カンカンと何かを作っているような音が響いている。

やっと紹介してもらった鍛治師のところに来ることができた。長い道のりだったなと、魔大陸から人間の大陸を通り、船でここまで来たことを思い出す。

「よっし、最高の弓を作ってもらおうぜ！」

「うん！」

俺たちは意気込んで、弓の看板がある店に足を踏み入れた。

カランとドアベルを鳴らして、店内へ入る。

「こんにちは」

「シューゼルさんのお店ですか～？」

ルーシャが名前を呼ぶと、奥から「はいよ～」と返事があった。

出てきたのは、若いドワーフだった。

身長は俺の腰より少し高いくらいだけれど、体はがっしりしている。明るい茶髪は後ろで一つにまとめられていて、長いエプロンをつけている。

「なんだ～？　人間とエルフの客か？」

おっと、面倒くさそうだという視線を向けられてしまったぞ？　ルーシャもそれに気づいているようだが、相手はすごい人だからか頑張って笑顔を作っている。

「アーチャーのルーシャ・プラムです。弓を作ってほしくて来たんです」

「俺はヒーラーのヒロキです。ルーシャ、紹介状」

「あ、そうだった！　これ、アプリコット大陸でもらってきたんです。犬の獣人で、マッチョな鍛治師さんでした」

ルーシャが鞄《かばん》から紹介状を取り出し、シューゼルさんに渡した。

「犬マッチョっていうと、アーロンか？　……アーロンだな。ハンターに転職するお前さんに、弓を作ってやってほしいって書いてある」

「お願いできますか？」

「ん～……アーロンの紹介だし、とりあえず話くらいは聞いてやるよ」

そう言って、シューゼルさんは俺とルーシャに椅子を勧めてくれた。

改めて室内を見回すと、多くの弓が飾られている。弓立に立てかけられているものもあるが、いいものに関しては壁にかけられている。

シューゼルさんは紹介状をしまって、「で?」と俺たちを見た。

「いい素材があるって書いてあるけど、何があるんだ?」

無愛想だったシューゼルさんだが、その目が少しキラキラして楽しそうになっている。貴重な素材で弓を作りたいという気持ちが強いんだろう。

……そういえば、面白い依頼を優先する鍛治師だって、ドワーフのおっちゃんが言ってたな。どうにかお眼鏡に適《かな》う素材でありますように……っと。

俺は鞄に入れておいた『土竜《もぐら》の髭《ひげ》』と『スライムの液体』を机の上に出す。ルーシャも、自分の魔鉱石を机の上に置いた。

「おおおおぉぉぉっ、確かにこれはなかなかのレア素材だな〜〜っ!」

素材を見てテンションを上げたシューゼルさんに、俺とルーシャはほっとする。ここでつまらなさそうな顔をされていたら、いったいどんな素材なら引き受けてくれるかわからない。

「ん〜〜でもなぁ〜今は別の依頼受けちゃってるしなぁ〜」

シューゼルさんは腕を組みながらそんなことを言いつつも、素材を手に取ってじっくり眺めている。

「でも、魔鉱石はやっぱ鍛治師としてもロマン素材の一つだよな。成長する武器や装備を作れるんだから、その人にとって唯一のものになるわけだし〜〜」

わかる、成長する武器はロマンですよね。

「土竜の髭もいいけど～もっといい素材があったらぁ～！　せっかくの魔鉱石なんだから、もっとこう……」

う～～んと、シューゼルさんは腕を組みながら下を向いて考え込み始めてしまった。土竜の髭だと物足りなかった……か……？

かといって、ほかにいい素材があるかって言われたら……持ってないしなぁ。俺も同じように腕を組んで考え込む。

しばらく悩んでいると、ルーシャがそわそわしながら俺の名前を呼んだ。

「ヒロキ、ヒロキ……！」

「ん？」

「もう、『ん？』じゃないよ……！　どうしよう、弓……作ってもらえないのかな……」

不安に揺れるルーシャの視線が、俺からシューゼルさんに移る。

「素材、素材か……っつっても、俺たちが持ってるものなんてそんなにないしな……」

もしかしたら素材として使えるものがあるかもしれないと、俺は鞄の中から今まで手に入れたアイテムを取り出して机の上に置いていく。

よくあるものだと、魔物やダンジョンの宝箱から出た魔石。そのほかは、爆炎のビー玉に、大樹のティアラ。あとはボスのポセイドンが持っていた槍《やり》か。

う～ん、こうして見ると素材として使えなさそうなものばかりだ。そもそもティアラは使い道なんてわからないし、装備するにも恥ずかしい……。

駄目そうだ。俺がそう判断して鞄にしまおうとすると、「ちょま……っ」とシューゼルさんからストップがかかった。

「おおおぉ、ちょ、これ〜〜っ！」

「「え？」」

シューゼルさんはカッと目を見開いて、ポセイドンの槍を手に取った。

「これ、これいいんじゃないか!?　どこで手に入れたんだ？」

「えっと……これはロークァット大陸とアプリコット大陸を繋《つな》いでる海底ダンジョンのボス……主が持っていた槍ですね」

「主の素材〜〜！　いいねいいね、あそこのダンジョンってかなり難易度が高いとこじゃん！　これも使っていいなら、面白い弓が作れるぞ！」

使っていいかと聞きながら、シューゼルさんはがしっと槍を掴《つか》んで離そうとしない。まあ、俺も利用できたらと思って出したアイテムだから構わない。

俺が問題ないということを伝えると、シューゼルさんはにっと笑う。

「しょうがないなぁ〜！　んじゃあ、依頼を受けるよ」

「やった！　ありがとうございます、シューゼルさん」

ルーシャが椅子から立ち上がって、頭を下げる。俺も同じように立って、お礼を言う。これで最高の弓が手に入りそうだ！

「有名な鍛治師に頼めてよかった。よろしくお願いします！」

「おう。任せなって！　あ、その前に……腕の長さとか測らせて」

「わかりました。お願いします！」

ルーシャの腕の長さや身長などを見て、シューゼルさんがどんな弓がいいかヒアリングを行うのを見学する。

「なるほどなるほど……っと。装備もいいやつだね～、ちょっとグローブ外せる？」

「はい」

シューゼルさんはルーシャからグローブを受け取ると、魔鉱石を手に取っていた。いったいどうするつもりなんだ？

「……すごいな。このグローブ、かなり強い魔物の素材で作ってある。【鉱石加工】」

「えっ!?」

パキっと音をたて、魔鉱石のはじっこがかけた。

「シューゼルさん、何してるんですか!?　それ、弓に使う素材なのに……！」

ルーシャが慌てて止めに入るも、「これでいいんだよ～」とシューゼルさんはご機嫌だ。魔鉱石を机に置いて、グローブの上にその欠片《かけら》を置く。

「いい弓には、いいグローブが必要なんだ。【結合】。……ほら、新しいグローブの完成だ」

「え、こんなにあっさり……」

魔鉱石の欠片がグローブの中に溶け込んだのを確認して、シューゼルさんはそれをルーシャに渡した。すごく簡単にやってのけたけれど、きっとすごいことなんだろうな。

ルーシャは何度も目を瞬かせて、グローブを見ている。

「あ、ありがとうございます……」

「いい素材だったから、それくらいはね～」

あとはできあがるのに数日から数週間程度必要だというので、また後日完成したら引き取りに来る予定になった。

「んじゃ、最高傑作を用意しておくから楽しみにしててくれよ。あ、その間にハンターの神殿に行って転職しておいたらいいんじゃないか？」

さらりと言うシューゼルさんに、ルーシャがうっとたじろいだ。

「でも、新しい弓で行った方がハンターの強さ的なものを示せるような気がして……」

ハンターに転職するためにはアイテムが必要だが、ほかには明確な条件がない。そのため、ルーシャはアーチャーとして最高の状態で転職の神殿に行きたいのだと主張する。

「ん～～、それは関係ないと思うけどなぁ。俺に弓を頼んでる間に転職しに行ったやつは、全員ハンターになって戻ってきたけど？」

「えっ、全員が!?　すごい……」

口元を押さえて驚くルーシャに、シューゼルは「だいじょ～うぶ！」と軽く言ってくれる。

「そもそも、俺に弓を頼めるほどの実力者がハンターに転職できないわけないいって～！」

「「…………」」

あ、なるほど。

確かにシューゼルさんに弓を作ってもらおうとしたら、珍しい素材やお金など必要になってくるから、普通の冒険者では難しいのだろう。

中堅の冒険者だと、きっと実力不足で弓の製作依頼までいかないんだろうな。

そう考えると、確かにシューゼルさんに依頼できる人がハンターになれるというのは理に適っているように思える。

今度はルーシャが腕を組み、首を傾《かし》げて考え込んでしまった。

「ん～～～どうしよう」

だいぶ悩んでいるみたいだ。

俺は苦笑して、大丈夫だという意味を込めてルーシャの背中を押す。

「ルーシャは十分強いから、弓がなくたって大丈夫だよ。俺たち二人で、いったいどれだけのダンジョンを攻略してきたと思ってるんだ？　自信持てって！」

「ヒロキ……うん。そうだよね、ヒロキといろんなところに行ったもんね。わかった、弓を作ってもらってる間に転職の神殿に行くよ！」

ぐっと拳を握りしめて、ルーシャはやる気を見せる。その瞳は、まるで炎が燃えているような気合に満ちている。

さて、ルーシャがハンターになるまで……あと少しだ。

◆　◆　◆

ハンターの神殿は、チャーチル村から一時間ほど歩いた山の中にある。神官と巫女《みこ》が管理しており、修練場も併設されているのだという。

空気はひんやりしており、朝と夜はかなり冷え込みそうだ。

「お、あれが神殿か？」

山道を歩いていくと、神殿が見えた。

すらりと高い建物には翼が彫刻されており、横には的があって弓の練習ができるようにもなっている。まさしく、弓職のための神殿だ。

何人かのアーチャーが出入りしていて、その様子は嬉しそうな人から泣きそうになっている人までいろいろ。

……泣いてる子は、きっと転職できなかったんだろうなぁ。

やっぱり上位職になるというのは一筋縄ではいかないようだ。

「うは～緊張する……」

「ルーシャなら大丈夫だって。ほら、行ってみようぜ」

「……うん！」

神殿の中へ入ると、すぐに受付があった。

「ようこそいらっしゃいました。ここはハンターの神殿でございます。転職ですか？」

「はいっ！　アーチャーのルーシャです」

「一緒にパーティを組んでる、パートナーのヒロキです」

「ルーシャ様とヒロキ様ですね。ハンター神のご加護がございますように。ご案内いたしますので、寄付金をご用意してあちらの椅子でお待ちください」

受付の巫女に促されて、俺とルーシャは椅子に腰掛ける。巫女が席を外したので、今しがた言われたことをルーシャと話す。

「寄付金って、いくらがいいんだ？」

金銭面のことなんてまったく考えてなかった。でも、神殿っていうことを考えたら、寄付があるというのも理解はできる。

しかし今までそういったこととは無縁だったので、相場がわからない。それはルーシャも同じだったようで、悩んでいる。

「エルフの村でハンターになった人がいたんだけど、その人は神殿に狩った獲物を供えたって言ってたから……」

「金じゃなくて物か……」

でも、今の巫女ははっきり寄付金って言ったよな？　物資ばかりになると困るから、最初にはっきり伝えているのかもしれない。

ルーシャの知り合いが獲物を渡したとなると、動物か？　それなら、売れば三〜五万ロトくらいにはなるだろう。一万だと少ないような気がするし、一〇万は多いような気がする。

「んー……間を取って五万ジェンでどうだ？」

「うん、いいと思う」

俺たちの間で話がまとまると、ちょうど巫女がトレイを持って戻ってきた。

「お待たせいたしました」

「いえ。これが寄付金になりますので、お納めください」

「ありがとうございます。……転職するための、祈りの間にご案内をと思っていたのですが……すぐに使用することが難しくなってしまって」

「「？」」

何か問題があったらしく、巫女は歯切れが悪い。

別に神殿内が騒がしいとか、そういったことはないけど……いったいどういう状況なんだろうか。

俺は理由を知りたくて、巫女に問いかける。

すると、特に隠すものでもなかったようで、すんなり何が起きているか教えてくれた。

「実は……ルーシャ様の前に転職の祈りを捧《ささ》げた方が、あきらめきれずに転職の間から出てきてくれないのです。何度かあきらめるようにお伝えしているのですが……今は神殿の責任者も出かけているということもあり、なかなか聞いていただけないのです」

「えぇっ、そんなことが……!?」

あ〜〜〜っ、厄介なやつじゃないか？　これ。

巫女はそわそわしながら俺たちの様子を窺《うかが》っていて、本当に困っているんだなということはわかる。そして申し訳なさそうにしながら、言葉を続けた。

「同じ冒険者同士……説得をお願いできないでしょうか？」

「あー……」

頭を下げて頼んできたので、どうしようか考える。

注意するだけならいいが、聞いた感じだと面倒くさそうなタイプのクレーマーだろう。……でも、どっちみちその冒険者がどかないとルーシャが転職できないし……。

「やります！」

そうだな、やるしかない――って、ルーシャさん！

俺がどうするか考える間もなく、ルーシャが了承の返事をしていた。いや、どっちみち受けるのが最善だった気がするからいいか。

ルーシャも早く転職したいだろうしな。

「んじゃ、冒険者を説得してみるか」

「うん」

「ありがとうございます。ルーシャ様、ヒロキ様。それでは祈りの間に行く前に……転職に関してご説明させていただきますね」

「お願いします」

そういえば具体的な転職方法は聞いていなかったな。

俺はもともとプリーストだったから、転職する必要がなかった。もしヒーラーだったら、ルーシャみたいに転職の神殿に行ったりしなきゃいけなくて、大変だっただろう。

巫女は「簡単ですから緊張しないでくださいね」と前置きをして説明してくれた。

「ここ、『ハンターの神殿』では、アーチャーがハンターに転職することができます。ただ、その転職条件に関しては……神から明確なものを啓示されておりません」

「はい。それは私たちも本で読みました」

ルーシャが頷《うなず》き、俺も魔大陸の図書館で読んだ本を思い出す。

「転職には、『風切羽』が必要ですよね。それを持っている者で、スキルや能力値が高く認められると転職できると……」

俺が内容を伝えると、巫女は嬉しそうに微笑《ほほえ》んだ。

「はい、その通りでございます。お持ちいただいた風切羽を矢にくりつけて、天井へ弓を放ってください。そうすることで、アーチャーの資質を神に伝えることができるとされております」

「え、矢を放つんですか!?」

「はい。それがこの神殿の祈りでございますから」

「…………」

ルーシャが助けを求めるような顔で、こちらを見る。

うん、わかるよ。転職で弓を引くとは思っていなかったんだろうな。実際、俺もそういったことはあんまり考えていなかった。

こう、条件を満たしていたらぱんぱかぱーっと転職できるものだとばかり……。ゲームに毒されすぎか。

「その際に、神が矢を見て判断すると言われております。認められると、ステータスの職業がハンターへ変わります」

「がんばります……」

ルーシャの長い耳が、へにょりと下がる。

「？　どうかされましたか？　そう難しいことではないと思うのですが……」

「は、はい……」

「…………」

どうにか返事をするルーシャに、俺は苦笑することしかできない。ルーシャの命中力を考えると、変なところに飛んでいってしまうから怖いんだろう。

「大丈夫だって。ルーシャの強さも、ハンターとして一つのかたちだと思うぞ？」

「ヒロキ……ありがとう。うん、精一杯頑張るね！」

「それでは、祈りの間に参りましょう。今はアーチャーのアナ様と、その仲間の方のお二人がいらっしゃいます」

巫女が歩き出したので、俺たちはその後に続く。

神殿の内部はとても天井が高く、床は綺麗《きれい》な大理石だ。俺たちの顔が映るほど磨かれていて、とても美しい。

何度か曲がり角を経て大きな扉の前へやってくると、巫女がその場で膝をついた。

「ここが祈りの間でございます。転職を希望するアーチャーと、そのパーティメンバーのみが入室を許可されております」

「わかりました。ひとまず、中にいる二人の冒険者を説得すればいいんですよね？」

「はい。どうぞお願いいたします。わたくしども神官や巫女は争いを好みませんので、どうしても話が通じない方は苦手なのです……」

つまり、最悪力ずくで外に出して構わない……ということか。

とは言っても、俺はヒーラーで力はないし、ルーシャは女の子だからなぁ。フロイツがいればお願いできたけど、今はいないし。

ひとまずお話し合いでどうにか説得できたらいいな。なんて、祈りの間の扉が開くまでは考えていた。そう、開くまでは。

「気合が足りないぞ、アナ！　お前はもっとできるはずだ、気合を入れて矢を放て!!」

やだー、絶対これ言葉が通じない熱血マンじゃないですかー……。

……はあ。思わずため息をつきたくなるのも仕方がないだろう。俺とルーシャが祈りの間に入る

と、二人の獣人がいた。

一人は弓を持っているので、巫女が言っていたアナという名前のアーチャーだろう。すらりとした細身の体に、ロシアンブルーの猫の耳と髪。綺麗なエメラルドグリーンの瞳はどこか怯《おび》えを含んでいて、びくびくしている。

服装は体にフィットした動きやすそうな服で、アーチャーにぴったりだと思う。

もう一人は、がっしりした白豹《ひょう》の獣人だ。

胸板がとても厚く、筋肉がすごい。パワー重視の前衛だということも、容易に想像できる。アーチャーとであれば、パーティ構成は悪くない。

つなぎタイプの服装は上だけ脱いで、腰のあたりでくくっている。足元は丈夫なブーツで、太い尻尾が巻きついていて思わず目で追ってしまいそうになる。

男が俺たちを見て、睨《にら》みつけてきた。

「なんだ、お前たちは。今はアナが転職を行っているところだぞ、入ってくるなんて非常識じゃないのか？」

どっちが非常識だと言いたいが、争いになっても困るので穏便に済ませたい。というか、こんな屈強な冒険者じゃ巫女が注意しづらいのも頷ける。

ため息をつきたいのをぐっと堪《こら》えて、男を見る。

「俺は冒険者のヒロキです。こっちはパートナーのルーシャ」

「そうか！　俺はアグリルだ」

「私はアナです。すみません、転職に来られたんですよ……ね？」

あ、アナさんは常識人っぽいぞ。俺たちが来た理由がわかっているようで、とても申し訳なさそうにしている。

「アグリル、ルーシャさんも転職しに来たんですよ。私たちが占領してて なかなか出ていかないからぁ……っ!!」

「む？　だが、アナの転職が終わって――」

「だから私にはまだ早かったんですよ！　転職がっ!!　わかります!?　私が何回、神に祈って矢を射たと思ってますか？　もう三二回ですよ、三二回!!　こんなにやるのなんて前代未聞ですよ！　ハンターの神様すみません……」

アナさんは涙を流しながら地面に突っ伏してしまった。そのまま何度もすみませんと呟《つぶや》きながら手を合わせている。

「…………」

えーと、苦労してるんだな。

「俺たちがここへ来た理由は、まあ……アナさんが言った通り転職に来たからです。ほかにも来られる方はいるでしょうし、今回は俺たちに譲ってもらえませんか？」

「うぅむ……だがなぁ、俺たちだって転職はしたいし……もう少しでアナも転職できるような気がするんだ」

どうやらアグリルさんはまだあきらめきれていないようだ。アナさんはとっくにあきらめているというか、帰りたそうにしている。

倒れ伏したアナさんから、しくしくと泣く声が聞こえてきていたたまれないんだが……。

脳筋なアグリルさんをどうしようか考えていたら、ルーシャがアナさんに手を差し出した。

「大丈夫？　ええと、一度休憩するのもいいと思うよ。何度も連続で矢を放つのも、しんどいと思うし」

「ルーシャさん……でしたよね。すみません、ありがとうございます。私が未熟なばっかりにご迷惑をおかけしてしまって」

「そんなことないよ。私もハンターになりたくてここに来たけど、駄目だったら同じようにあきらめられないかもしれないし……」

だから何度もチャレンジする気持ちもわかると、ルーシャはアナさんに励ましの言葉を送る。

「でも、だからって祈りの間を独り占めは駄目だよ！　私だってハンターになりたいんだから」

「あぁっ、そうですよねすみません！　アグリル、私たちは一度帰りましょう！　またレベルを上げてから挑戦すればいいんです」

ルーシャの手を借りて起き上がったアナさんがそう言うと、アグリルさんは大きな音を立てて手を叩いた。

「それなら、ルーシャの転職を見学しよう！　何か転職のコツがわかるかもしれないぞ？」

「それでわかれば三二回もやりませんよ……」

突拍子もないアグリルさんの提案にうなだれつつも、アナはルーシャに見学をしたいと頭を下げた。ちなみに、アグリルさんはその後ろで仁王立ちをしている。

なんだこのパーティ、格差が激しすぎるだろ……。

「私は別に構わないけど……ヒロキ」

「俺はルーシャがいいって言うなら反対はしないさ。……でも、アグリルさんにアナさん。何回もやり直しをして祈りの間を占拠していることは、神殿側も困っているみたいです。だから、見学したら今日はとりあえず終わりにしてください」

了承することを伝えつつ、こちらが申し出を飲むのだからと……少し強気の口調で頼まれていたことを告げる。

それに真っ先に反応を示したのは、アナさんだ。

「あああぁそうですよね、本当すみません……アグリル、ルーシャさんの見学をしたら帰りますからね……これ以上恥をかきたくないです……」

「アナ……わかった、帰ったら特訓だ！」

「うぅぅ……わかりました……」

どうにかお引き取り願えるようで、ほっとする。

「それじゃあ、私が挑戦するね」

「おう。頑張れルーシャ」

アグリルさんとアナさんが端に寄ったのを確認して、ルーシャが祈りの間の中央へ立つ。大きく深呼吸して、弓をぎゅっと握りしめた。

真剣な表情のルーシャを見ていると、俺の方が緊張してくる。転職できることは疑ってないけれど、こういう類のドキドキというのは心臓に悪いものがある。

「【クリエイトアロー】！」

ルーシャがいつものように矢を作ると、コカトリスの風切羽を鞄から出してそれを取り付ける。

うんうん、順調だ。

すると、俺の横にいたアグリルさんの耳がぴくりと動いた。

「あれは……かなり強い魔物の風切羽か？」

「立派ですねぇ」

アグリルさんが興味深そうに見ているが、コカトリスの風切羽なんて教えたら間違いなく面倒なことになる気がするので黙っておく。

「よし……っ！」

準備を終えたルーシャが、矢をつがえて弓を引く。

狙う場所は、祈りの間の天井だ。その高さはおよそ一〇メートルほどだろうか。普通のアーチャーであれば、きっと問題なく天井へ矢を飛ばせるのだろう。

ルーシャはどうだろう。

うーん……。

保険は大事だよな、保険は……。

「【シールド】【シールド】」

「ぬ？」

「えっ⁉」

アグリルさんとアナさんに、念のためシールドを張っておく。これなら、もしうっかりルーシャの矢が飛んできても問題はない！　……はずだ。

「なぜシールドを使った？」

俺を訝《いぶか》しむような目で見るアグリルさんに、あははと乾いた笑いしか返せない。まあ、その疑問はごもっともだからな。

「ほら、矢が飛んできたら危ないじゃないですか……」

「それはそうかもしれんが、別にここは戦場じゃない。転職の祈りの矢が、こちらに飛んでくるわけなかろう」

「ですよねー」

しかし、それがそうでもないんですよねー。

アグリルさんのもっともな意見を聞いていたら、アナさんが「あっ！」と声をあげた。見てみると、ルーシャが弦を引いて矢を射る直前だった。

「いっけえええぇぇっ！」

ルーシャが気合を入れて放った矢が――最悪なことに、その矢は天井には向かわずアグリルさんに一直線で飛んできた。

うわっ恐れていたことが起きてしまっ……た……っ！　でもシールドを張ってるから、怪我《けが》はしない。

なんて思ってた俺は、違う意味で裏切られた。

「ぬうううぅぅんっ!!」

「なぁ――っ!?」

アグリルさんは自分に向かってきた矢を、そのまま勢いよく殴りつけた。手にナックルをつけていたようで、矢は弾《はじ》かれてそのまま天井に刺さって消えた。

開いた口が塞がらないとは、まさにこのことか。

「ご、ごめんなさい！　私――っ！」

ルーシャが慌てて謝罪を口にして、こちらに歩いてこようとした瞬間……ぱっとその体が光り輝いた。

ルーシャの周囲を光の粒子が舞う様子は神々《こうごう》しく、女神のようだ。

「え？　何これ……」

戸惑うルーシャをよそに、俺はぐっとガッツポーズをとる。何が起きたかなんて、その答えは一つしかないに決まってる。

「ハンターに転職できたんだ！　ルーシャ、ステータスを見てみろよ」

「あっ、そうだった！」

いてもたってもいられなくなった俺は、ルーシャの下《もと》へ駆け寄って催促する。

「【ステータスオープン】！」

ルーシャ・プラム
レベル：47
職業：ハンター
攻撃：155＋17（装備）
防御：1
命中：1
魔力：1
回復：1
回避：1
スキル：クリエイトアロー・ウィンドアロー・ウォーターアロー・ファイアーアロー・アースアロー・ライトアロー・エンチャントアロー

「ハンターになってる……っ！」

「やったな！　おめでとうルーシャ」

ルーシャがとびきりの笑顔で俺を見て、うっすら涙も浮かべている。嬉しくて嬉しくてたまらないという感情が、俺に伝わってくる。

「ありがとうヒロキ～！　ここまで来れたのも全部ヒロキのおかげだよぅ～!!」

「――っルーシャ！」

「えへへ、嬉しい～っ」

ぎゅうっとルーシャが俺に抱きついてきて、ふわりといい匂いがした。心臓が警鐘のように鳴り響いている気がして、先ほどとは別の緊張で体が硬直する。

普段はこんなこと意識したりしないのに……と、自分に言い聞かせようとするが、そう上手《うま》くはいかないもので。

これって俺も抱きしめ返していいのかな？

「…………」

さりげなく俺も腕を回そうとしたところで、残念ながら現実に引き戻された。

「はわわわっ、アグリル、私たちは席を外した方がいいんじゃないですか!?」

「すごい弓の威力だったぞ、ルーシャ！　俺のナックルにへこみができてるじゃないか!!」

そうだったこの人たちがいたんだった。

「あっ！　そうだった、ごめんなさいアグリルさん！　怪我は……ないみたいですね。よかった」

ルーシャが頭を下げて矢のことを謝罪すると、アグリルさんは大口を開けて笑った。

「はっはっは！　気に入ったぞルーシャ。俺の部下になれ!!」

「……へ？」

いやいやいや、何を言っているんだアグリルさんは。

そう思ったのは俺とルーシャだけじゃなくアナさんもだったようで、これでもかというほど目を見開いてアグリルさんを見ている。

「ええと、アグリルさんの部下？　には、なれないですよ。だって私はヒロキとパーティを組んでるから」

「そうですよ、勝手なことを言わないでくださいアグリル。ルーシャさんもヒロキさんも驚いてるじゃないですか。むしろ私が一番驚きましたよ、もう」

アナさんが俺たちに「すみません」と眉を下げて苦笑する。

「アグリルは思いつきで行動することも多くて」

「待て、アナ。俺はあきらめてないぞ？　転職のことは何度か耳にしたことがあるが、神からの祝福が降り注ぐ者は強者のみらしい！　ルーシャが強いことはあの一撃でわかったが、いっそうほしくなったぞ！」

「アグリル!!」

自分勝手に言葉を続けるアグリルさんに、アナさんが声を荒らげて怒る。ルーシャを引き抜こうなんてとんでもないので、もっと言ってやってほしい。

ルーシャもすぐに断ったし、この件は終わりだろう。

そう思っていたのだが、アグリルさんは「嫌だ」ときっぱり意思表示をした。

「えっと……」

「さすがにそれは横暴じゃないですか？　アグリルさん」

俺もルーシャの前に立って断るが、アグリルさんは首を横に振った。これは面倒くさいことになってしまったかもしれない。

アグリルさんはじっとルーシャのことを見て、にかっと笑った。

「ルーシャ！　俺のところに来ればもっと強くなれる！　ひとまず俺のところに来てからもろもろは考えればいい」

「はぁっ!?」

いったい何を言い出すんだこの男は……！

そういえば、巫女の話を聞かずにここに居座って迷惑をかけている張本人だった。

まさかルーシャをターゲットにされるとは。

「ごめんなさいアグリルさん、私はヒロキと一緒にいたいので――」

「おおおぉぉぉぉおっ、【咆哮《ほうこう》】!!」

「なっ!?」

ルーシャがもう一度断りを入れようとした瞬間、アグリルさんが吼《ほ》えた。それはまるで空気のバズーカを受けているような衝撃で、体がビリビリ痺《しび》れる。

ひゅっと息を呑《の》んで、アグリルさんの発する威圧のようなものに声が出なくなる。

――なんだよ、これっ！

「はっはっは！　ルーシャ、行くぞ！」

「えっ!?　ちょ、やめて……っ！」

俺もルーシャも、アナさんでさえも咆哮のせいで体が動かない。そんな無抵抗状態のルーシャを、こともあろうかアグリルさんは担ぎ上げた。

ふざけんな!!

「……っ、しゃ、ルーシャ！」

「ヒロキ……っ！」

どうにか振り絞って声を出すも、まだ体は動かない。

「アナ、俺は一足先にルーシャと戻っているからな！」

「えええええぇぇぇっ!?　駄目に決まってます、アグリル!!」

アナさんが声を荒らげて止めるが、まったく聞く耳を持っていない。

「やだっ、離して……っ!!」

アグリルさん――アグリルは豪快に笑い、そのまま扉を開けて出ていった。

７ 連れ去られたルーシャ

目の前で起きたことが信じられなかった。いや、それ以前に……何もできなかった自分にたまらなく怒りを覚えた。

この世界ではトップクラスの冒険者だと、驕《おご》っていたのかもしれない。

「まさか、あんなスキルを喰《く》らって動けなくなるなんて……」

ぼそりと呟《つぶや》き、無意識のうちに拳を握り込む。食い込む爪の痛さにハッとして、そっとヒールをしてから落ち着くために息をはいた。


ここはハンターの神殿、転職するための祈りの間。

だけど、ルーシャはいない。目の前で、白豹《ひょう》の獣人——アグリルに連れ去られたからだ。自分勝手で脳筋の、面倒な大男。それが最初の印象だった。

——まさか、こんなに強いとは思わなかった。

「厄介だな……どこに行ったか、とりあえず神殿の人に聞いて情報を集め——」

急いで追いかけよう。

そう思ったところで、俺の体がはたと止まる。そしてゆっくり、首を横に回して置いていかれたアグリルのパーティメンバーに目を向けた。

「あああ申し訳ございません、アグリルがとんでもないことを……いつも自分勝手なんです、

「あの人……」

「あーっと……」

　ぺこぺこ泣きながら謝ってくるアナさんに、彼女も被害者かと気が遠くなる。

「とりあえず、知ってることを全部はいてもらいますよ。人の相方をかっさらいやがって……」

「もも、もちろんです！　すみません……っ」

　俺の声が怒りで低くなったからか、アナさんが震えながら土下座をしてきた。逆に俺が驚いて、すぐさま彼女の下《もと》へ走る。

　土下座されたのなんて初めてだよ……！　すごく居心地が悪いというか、いじめているような感覚になって落ち着かない。

　ため息を隠さずについて、アナさんに手を伸ばす。

「アナさんのせいではないので、そこまで謝らないでください。ただ、俺はルーシャを助けに行くので……協力してもらいたいですね」

「はい！　人様の相方を無理やりなんて……本当にすみません。アグリルは家に向かっているはずなので、私たちもその後を追いかけましょう」

　アナさんはアグリルの行動が非常識だとしっかりわかっているようで、すんなり協力することを申し出てくれた。

　家に戻ったとなると、移動に時間がかかる可能性もあるな……。

「アグリルの家は、どこにあるんですか？　ここからどれくらいで移動できる距離かも知りたいので、教えてほしいです」

「もちろんです」

冒険者ギルドで買ったタンジェリン大陸の地図を広げて、アナさんに説明してもらう。

「今はここ、チャーチル村の近くにあるハンターの神殿にいます。アグリルの家は、ここから港街ハグーを越えたさらに先……タンジェの街にあります」

「ここって、一番大きな街ですか？」

「そうです。タンジェリンで一番栄えている街で、いろいろなものがあるし、種族問わずたくさんの方が住んでいます。もちろん、人間も」

地図で見ると、タンジェの街は大陸の中心にあることがわかる。

――この大陸の首都みたいなもんか。

「移動は馬車ですか？　すぐに乗合馬車を探せば、追いつくような気もします」

「……いえ。おそらくですが、走って帰っているはずです」

「はい？」

なんだか耳がおかしくなってしまったかと、俺はもう一度アナさんに移動手段を確認する。

「馬車じゃなければ、馬か……もしくはパカルーとかですかね？」

「いいえ。アグリルはルーシャさんを抱えたまま自分の足で走っていると思います」

「Ｏｈ……」

「すみません……」

ちょっと意味がわからない。

「地図で見る限り、ここからタンジェまでは乗合馬車で五日ほどかかるんじゃないですか？」

「そうですね、乗合馬車だとそれくらいかかりますね……すみません」

「…………」

「……すみません。アグリルは見たまま、その……体力バカなところもありまして。すべて肉体でどうにかしようとするといいますか……」

今まで会った中で一番酷《ひど》い脳筋じゃねーか。

「それはわかりました。……でも、知ってるなら馬車で追いかけたらすぐ捕まえられそうですね」

「いえ……それは無理だと思います。すみません。アグリルは森の中を走っていくと思うので、まず道がほとんど馬車と重なりません……」

「つまり目的地まで行かないと駄目ってことですか？」

「はい……すみません。それに、アグリルは白豹ということもあって、足もすごく速いんです。馬車では追いつけないです、すみません……」

俺はため息をついて、すぐに了承する。

相手はこの大陸に慣れている獣人で、俺は初めて来たばかりの、体力がない人間のプリーストだ。アグリルのフィールドで作戦なしにやり合うのは無謀だろう。

ルーシャを助けに行くために、いろいろ考えた方がいいかもしれない。

「とりあえず、村に戻りましょう」

まずは村で馬車のことを調べなければいけない。

それとルーシャの弓をシューゼルさんに頼んでるけど……これはまた改めて取りに来ることになりそうだな。

ああもう、せっかくルーシャの転職が上手《うま》くいったっていうのに……とんだ災難だ。


アナさんと一緒に祈りの間を出ると、扉の外で先ほどの巫女《みこ》さんが待っていてくれた。

「お疲れ様でした。アナ様、ヒロキ様。あの……ルーシャ様がすごい悲鳴をあげられて、それで、その、何人かの神官がお止めしたのですが……連れ去られて？　しまったようで……っ」

おろおろしながらも、起きたことを伝えてくれた。

どうやらルーシャを助けようとしてくれたらしいが、神官数人がかりでも無理だったらしい。戦闘職じゃないのであれば、無理もない。

「アナ様とご一緒だったパーティメンバーの、アグリル様ですよね」

「はい……すみません。みなさんには祈りの間を長時間使っただけでも多大なご迷惑でしたのに、さらにアグリルが大変なことを……」

アナさんは先ほどのように必死に謝って、巫女に謝罪を行う。

俺は頭をかきながら、アグリルに怒りを向ける。

「今から、俺とアナさんの二人で追いかけようと思っています」

「ええと……連れ去り事件なのでしょうか。ですが、神殿は独立した何者の法も受け入れない場所ですので、このことに関してご協力するのが難しいのです」

神殿は中立の立ち位置だったという事実を、巫女の言葉で初めて知る。

けれどそうじゃなければ、大陸や国によっては差別などで受け入れられない種族などが出てしまうかもしれないから、妥当なところなんだろう。

「でしたら、そのお気持ちだけいただきますね。ルーシャは俺が必ず連れ戻しますから、心配しなくて大丈夫ですよ」

困惑している巫女にそう伝えると、ほっとした表情になった。

「お二人で追いかけるのですね、わかりました。どうかハンター神のご加護がございますように」

「ありがとうございます」


急いで神殿を出ると、入ったときは晴天だったというのに大雨になっていた。

「雨雲なんてなかったと思うんだけど……」

「タンジェリンの天候はすごく変わりやすいんです……すみません。雨季になるとほぼ毎日が雨ですし、雨季以外もこうしてすぐに天気が変わるんです」

「そうなんですね」

雨が降ってしまったのは仕方がないとして、問題は乗合馬車が出ているかということだ。御者の人が、大雨だと出ないことがあると言っていたし……。

そうなると、こっちも歩いて追いかけた方がいいのか？　って、俺の体力を考えると無理だろう。

ああくそ、考えが上手くまとまらない。

「……チャーチルで雨が止《や》むのを待って追いかけた方がいいです。タンジェリンは天候の変化も急激に起こるので、慣れないうちは慎重に進んだ方がいいです」

「ちんたらしてたらルーシャがどうなるか……！」

「それは、すみません。でも、別にどうこうなるわけではないので、その点は心配しなくていいですよ。村に行く道中でお話ししますから」

◆　◆　◆

チャーチル村に戻り、俺は宿屋をとってベッドへ寝転がった。

「大雨が収まらない限り馬車が出ない、か……」

そもそもの話として、チャーチルからハグーへ行く馬車が出るのは三日に一本だ。だから、最低でも明々後日《しあさって》まで待たなければいけない。

気が遠くなりそうだ。

もちろん、乗合馬車を使わない方法もある。

御者を雇って、馬車を出してもらう方法だ。

タクシーのようなものと言えばわかりやすいだろう。これならすぐに追いかけられる！　そう思ったんだけど——この大雨だから無理だと言われてしまった。

料金を上げていいからとお願いしたが、結果は惨敗。

「アグリルの向かう先か……」

アナさんが村に戻ってくるまでの間に説明してくれたことをまとめると、こうだ。

アグリルは、仕事上でアナさんの上司にあたる人らしい。

基本的に強い人が好きで、部下を鍛えることにも生きがいを感じているとか。もっとしっかりしてほしくもあるが、明るく部下想《おも》いのところもあって、慕われてはいるのだと言っていた。

仕事の関係上、強い人が部下にいることが好ましいのだそうだ。ルーシャはその強さゆえに、アグリルに気に入られたとアナさんが何度も謝りながら教えてくれた。

最悪の想定で考えていた、いやらしい展開とか、暴行されるとか、そういったことは一切ないらしいことくらいが救いだろうか。

……まあ、アナさんの情報だから全部を鵜呑《うの》みにしたりはしないけれど。

ちなみに筋肉バカゆえか、アナさん曰《いわ》くアグリルは嘘《うそ》は絶対につかないらしい。腹の探り合いが苦手なのは、見ていればわかる。

「今することは、ルーシャを助けに行くこと。ルーシャの弓が完成したら引き取りに行くこと。とりあえずはこの二つか……」

なのにルーシャを助けに行く手段がない……っていうのがな。

「……弓の完成を早くできないか聞いて、もっかい馬車を出せないか交渉してみよう。……それか最悪、馬の二人乗りをお願いするとか？」

一般人には厳しいかもしれないが、冒険者だったらそのくらいできる人もいるかもしれない。自分でどうにもできないなら、金を積んででも頼み込むしかない。

「よし、そうと決まれば動くのみだ！」


まず行くのは、シューゼルさんのところだ。あわよくば、力になってくれそうな冒険者を紹介してもらえたら……というのもある。

雨よけのため外套《がいとう》を羽織り、宿から歩いて一五分ほど。

「こんにちは。シューゼルさん、いらっしゃいますか？」

俺が声をかけると、すぐに奥からシューゼルさんが出てきてくれた。

「お？　弓を頼みに来た片割れじゃないか。まだできてないけど……何かあったみたいだな～？」

「……！　どうして」

できるだけ冷静にしていたつもりなんだけどな……。俺が小さくため息をつくと、シューゼルさんはくすりと笑う。

「まあ、気配だよ、気配。なんかそんな感じがしたんだ。それに、アーチャーが来るならまだしも、パーティメンバーが一人で来ることなんてないしなぁ～」

シューゼルさんは考えるように腕を組んで、「あれか！」と声をあげた。

「俺に弓を作ってほしいって奴《やつ》に、襲撃されたとか？」

「違います。……というか、シューゼルさんのお客さんってそんなに過激なんですか？」

弓を頼むだけで狙われるとか、恐ろしい。

でも、それだけ彼の弓をほしい人がいるということか……。早くルーシャを助け出して、シューゼルさんの作った弓で存分に戦ってもらいたいな。

ルーシャを追いかけるとなると弓の引き取りが遅くなるので、シューゼルさんには転職の神殿であったことを隠さずに伝えることにした。


「……そんなことがあったのか」

「はい。それで、すぐにでもルーシャを助けに行きたいんですけど、馬車じゃなくても、馬に乗せて追ってくれる力量のある冒険者を紹介してもらうことはできませんか？」

「ん〜〜そうだなぁ……」

「お願いします！」

手を合わせて頭を下げると、シューゼルさんはちらりと視線を奥の工房へ向けた。

「どうするかなぁ〜。でも、せっかくいい弓ができそうだってのに、使い手がいないっていうのも楽しくないし。やっぱ弓は作って使って、そこまで確認しないといけないよな。今作ってるやつは最高の弓に仕上がりそうだし……よし」

「しゅ、シューゼルさん？」

ぶつぶつ考えを口にしたシューゼルさんは、頭の中でどうするか決めてしまったらしく、そのまま部屋の奥に行ってしまった。

えーっと……俺もついていっていいのかな？

「シューゼルさん？」

後を追って奥へ行くと、そこは作業場になっていた。

作りかけの弓に、様々な素材。光り輝く鉱石や魔物の皮、それから大きな窯。ファンタジーのような光景に、そんな場合じゃないとわかっていつつもわくわくする。

「お前……確かヒロキとかいったか。タンジェまでは、俺の馬車に乗っていけばいい」

「え……いいんですか？」

「だって仕方ないだろ～！　そうしないと、作った弓をすぐ使ってもらえなさそうだしさ。俺が一緒に行けば、何かあってもすぐ弓を調整し直せるし」

「ありがとうございます!!」

まさかシューゼルさん自らが協力してくれるとは、思ってもみなかった。すぐにお礼を言って、何か準備など手伝えることはないかと考える。

シューゼルさんは、鍛治の道具や素材などを鞄《かばん》にしまい始めた。大きめの鞄にはどんどん物が入っていっているので、たぶん俺と同じ魔法の鞄だろう。

――タンジェの街に行ってから弓を仕上げるのか？

「……っと、何を手伝えばいいですか？」

「ん？　あ～そうだ、ヒロキお前御者できるか？」

「すみません、やったことないです……いつも乗合馬車を使ってたので」

「んじゃあ、御者やってくれる奴を急いで探しといて。俺は馬車の中で弓を作らなきゃいけないから、御者なんてできないし」

「はいっ、探してみます」

馬車の準備はしておくからと言うので、俺はひとまず御者を探すために店の外へ出た。それにしても、馬車の中で弓を作るなんて考えてもみなかった。

シューゼルさんには、感謝してもしきれなさそうだ。


「御者か……」

宿屋の人に聞いてみるのがいいだろうか。そう考えながら歩き始めると、前方からアナさんが歩いてくることに気づいた。

……アナさんのこと、すっかり忘れてた。

「ヒロキさん、この雨じゃ馬車は――」

「見つけました」

「え？」

「馬車は、鍛治師のシューゼルさんが用意してくれるということで話がまとまりました。ただ、御者がいないので今から探さないといけないんですが……」

今あったことを伝えると、アナさんは驚いて口元を押さえた。そのまま沈黙が流れて、いったいどうしたのかと思ったら再びアナさんが口を開いた。

「シューゼルさんて、弓鍛治師の……ですか？」

「あ、知ってたんですか？　そうです、そのシューゼルさんです。ルーシャの弓を作ってもらってる最中なんですけど、一緒にタンジェまで来てくれるみたいで……」

「はわわわわ、まさかシューゼルさんとご一緒できるなんて！　あっ、すみません私ったら。実は私も彼に弓を頼んだことがあったんですが……その……断られてしまって」

指をもじもじさせながら、アナさんはシューゼルさんへの熱い想いを語ってくれた。弓を使う人の間では、かなり有名みたいだな……。

「私が御者をします！　出せる馬車があるなら、道もわかるので……私がいいのではないでしょうか!?」

「え、いいんですか？」

「はい。迷惑をかけているのはアグリルですし、それくらいはさせてください」

……アナさんはどちらかといえば協力的だから、新しく御者を探すよりはずっといい。何よりすぐ出発することができるし、アグリルの行き先を知っているのもアナさんだけだ。

ここは彼女を信じて、三人でルーシャを助けに行くのがいいだろう。

俺は大きく頷いて、アナさんにすぐ準備をしてもらうように頼む。

「お願いします。すぐ出れるように準備をして、シューゼルさんのところに集合しましょう。可能な限り早く出発したいです」

「わかりました！」

よし、今からルーシャ救出の開始だ！

◆ ◆ ◆

——自分は結構強くなった、なんて。

自惚《うぬぼ》れ……だったのかな。

晴れていたはずの空はいつの間にか土砂降りになっていて、タンジェリン大陸の天候の変わりやすさを私に教え込んだ。


そしてその私はといえば……爆走する大男に担がれて、雨が降る森の中。

ハンターの神殿がある場所から三〇分くらい走っただろうか。

アグリルは私を担いでるというのに、たぶんその足は馬より速い。正直ありえないと思うけれど、目の前で起こっているのだから受け入れるしかない。

私を部下にしたい、そう言って無理やり連れ去るなんて！

「アグリル、いい加減におろして！　雨だってすごく強いし、私はあなたの部下になるつもりなんてさらさらないのに！」

「嫌だね。俺はお前を部下にほしい！　そうすればもっと強い奴と戦えるぞ？　転職したんだし、ルーシャももっと強くなりたいだろう？」

「それとこれとは話が別！　いいからおろして、おろしてよー!!」

私が思いっきりアグリルの耳元で叫ぶと、うるさそうに白豹の耳を塞ぐ。そしてそのまま暴れてみると、「あーっ!!」っと叫んで私を下ろした。

「暴れたら走りにくいだろ！　ったく。五分休憩だ」

「だーかーらー！　私はあなたと一緒に行くつもりはないって言ってるじゃない！」

私が怒鳴ってみたけれど、まったく気にする様子はない。それどころか、鞄から外套を取り出して呑気《のんき》に羽織っている始末。

……でも、確かにこのままだと風邪引いちゃう。

仕方なく、私も外套を取り出して羽織っておく。

あとは、隙をついて逃げてしまえばいい。そう頭では考えているのだけれど……このアグリルという獣人――なかなか隙がない。

攻撃して倒すにしても、アグリルは私の矢を殴り返した。魔物や動物であれば仕留められるかもしれないが、アグリル相手では難しそうだ。

私の命中力の低さがここにきて一番のマイナスを発揮してる。

う～～っ、駄目！　もっとポジティブに考えないと!!

ひとまずアグリルの下から逃げ出せば、どうにかヒロキと合流することができるはず。もしかしたら、私たちのことを追ってきてくれてるかもしれない。

——ヒロキ……。

「さてっと、そろそろ出発するぞ。このまま濡《ぬ》れ続けるわけにはいかねえし、もう少し走ると洞窟があるからそこで——っ！」

「……っ！」

アグリルが体をほぐすためにぐっと肩を回した瞬間、ここしかないと瞬間的に地面を蹴って後ろに跳んだけれど——一瞬にして、その間合いを詰められた。

——速い!!

さすが白豹の獣人だけある。

「エルフの足で俺から逃げるのは無理だぞ？」

「……そうみたいだね」

私は大きくため息をついて、来た道を振り返る。

……ヒロキ、心配してるよね。

大丈夫、きっとまだ逃げ出すチャンスはあるはずだから……。

◆　◆　◆

翌日になっても、天気は雨のまま。土砂降りだ。

「うおりゃぁっ!!」

『ガウッ』

森の中、アグリルは私を担ぎながら出てきた魔物と戦っている。そのパンチはとても強くて、森に生息しているような魔物は一撃だ。

強い。予想以上に強い。

ただ、その分……魔物の数が多いと苦戦しそう。

今戦っていたのはオークが数匹だったけど、ゴブリンみたいに大量に来たら厄介だろうな。そんなことを考えながら魔物を見ていると、アグリルが話しかけてきた。

「ルーシャも戦いたいか？」

「え？」

担がれていた私は地面に降ろされて、ほれほれと言わんばかりに追加で現れたオークの前に立たされた。

そりゃあ、魔物を倒せばレベルだって上がるから嬉《うれ》しいけど……。

「なんだ、魔物が怖いか？」

「……怖いわけないじゃない！」

安っぽい挑発だということはわかっているけれど、私はアグリルの言葉を受けて弓を構えた。正直、この男のせいでストレスがたまっているということもある。

せめて魔物を倒せば少しはすっきりするんじゃないかな？

よし、オークをアグリルだと思って倒そう。

「【クリエイトアロー】【ファイアーアロー】!!」

スキルを使って矢を放ち、オークを倒す――


ミス！

あああああぁぁぁ〜わかってた、わかってたよ!!


「…………」

私の攻撃を見たアグリルが、『え？』という顔をしているが気づかなかったことにする。しかしアグリルはそうはいかなかったようで、こっちを見る。

「……転職のときは気にしなかったが、ルーシャの矢はまっすぐ飛ばないのか？」

「別にまっすぐ飛ばないっていうわけじゃないけど……」

ただ、狙ったところに飛んでいかないだけで……。

私が無言でいると、待ってくれるはずもないオークがこちらに向かってきた。やばい、ハンターになったとはいえ、後衛の私に防御力なんてない。

思わず体が強張《こわば》ると、アグリルが私の前に出てきた。

「俺は前衛だからな、ふんっ！」

アグリルが勢いよくオークを殴り、一撃で倒す。

「魔物に矢が当たらないのにハンターになった……ということは、ルーシャはほかの部分でハンターとしての資質が高いということか？」

「……別に、それをあなたに言う必要はないと思うけど」

「はっはっ、確かにそうだな！」

「…………」

問い詰められるかと思ったけど、さすがにステータスやスキルに関わることを聞くほど非常識じゃなかったみたい。

アグリルはその場で腰を下ろし、鞄の中から干し肉を取り出し私に差し出してきた。

「飯にしよう」

「自分の分はあるから大丈夫」

「そうか」

私はアグリルから少し離れた木の根元に腰を下ろして、鞄から干し肉を取り出して齧《かじ》る。本当はあったかいスープを作ったりしたいけど……この男の前で手の内は明かしたくない。魔法の鞄を持っていることを知られたら、もっと執着されてしまいそうだ。

うぅぅ、美味《おい》しいご飯が食べたい。

「私をどこに連れて行くつもり？」

「ん？　ああ、そういえば言ってなかったか。この大陸の中央にある街、タンジェだ。そこにある俺の家に向かってる」

「私はヒロキのところに帰りたいから、タンジェに行きたくないんだけど」

「なぁに、いい街だからすぐ好きになるぞ！」

まったく話が通じない……！

「街を好きになることとあなたの言いなりになるのは別だと思うけど？　というか、私の承諾もなしに部下なんて無理でしょ」

「大丈夫だ、部下なんてそんなもんだ」

「絶対そんなもんじゃないと思う……」

アグリルの部下は間違いなく全員苦労してる。

ああ、そういえばアナさんも何度もハンターの転職をさせられてたもんね。

「もう一走りしたら小さな村があるから、今日はそこで宿をとるか。よし、行くぞルーシャ」

立ち上がったアグリルがこちらに向かってくるので、私は急いで立ち上がって後ろへ下がる。いい加減、担がれるのはまっぴらだ。

睨《にら》みつけてやると、アグリルはきょとんとこちらを見た。

「担ぎ上げとか、もう嫌。自分で歩く」

「それだと目的の村に着かないぞ？」

「それでも、嫌！」

私が断固として拒否すると、アグリルは困ったように頭をかいた。

「でも、女ってのは野宿を嫌うだろ？　前に俺が野宿ばっかりさせたら、女の部下にすごく怒られたからな……」

「そりゃあ、女性で野宿が好きって人の方が少ないだろうけど……」

「だから、それ以降は極力野宿にならないよう気をつけてはいるんだぞ？」

「だからって、無理やり人を連れて行ったらプラマイどころかどん底のマイナスだよ……」

「でも、俺はお前が気に入ったんだから仕方ないだろうが」

どうあがいても、私を気に入ったから部下にするスタンスは崩さないようだ。こちらが迷惑を主張しても自分の我儘《わがまま》を通すのには、呆《あき》れてしまう。

部下がいるということは、それなりの立場だろうに……。部下の人が可哀相《かわいそう》だなと、私は心の底から同情した。

◆　◆　◆

私がとんでもない人物に目をつけられてしまったということを認識したのは、タンジェの隣にある村に着いたとき。

ちなみにここに来るまでは担がれることを拒否していたので、街や村にちょうどよく着けずずっと野宿をしていた。

「まぁ、アグリル様じゃないですか！　村に寄っていただけるなんて、嬉しいです。すぐにお部屋を用意しますね」

「助かる。食事もすぐに用意してもらえるか？」

「ええ、もちろんです」

村の人たちがアグリルに対してとても友好的で、というよりも……敬っているようだ。思いのほか、アグリルは高い地位にいるみたいだ。

アグリルは宿の女将《おかみ》さんと話をして、後ろにいた私の方を振り向く。

「彼女の世話も頼む。俺の部下になる予定だ」

「まあ！　そうでしたか。道中疲れたでしょう？　お風呂があるから、ゆっくりつかってください。食事は食堂に用意しておきますから」

女将さんはにこにこしながら、私に何か必要なものはないかなども聞いてくれた。かなり気を使ってくれていることがわかる。

「え、あ……ありがとうございます」

「これが部屋の鍵ですよ。お風呂は一階にありますから、荷物を置いてから使ってくださいね」

渡された鍵を握りしめて、動揺しつつも頷《うなず》く。

「じゃあ、俺は飯ができるまで少し外にいる。ルーシャが風呂から上がったら一緒に食べれるようにしといてくれ」

「はい、わかりました」

アグリルが宿屋から出ていくのを見て、私はどっと肩の力が抜ける。

なんなの？　どうなってるの？　村か街に着いたら、ひとまず兵士か誰かに事情を話してアグリルを捕まえてもらおうかと思ってたのに！

こんなに慕われた様子だと、私の方が嘘をついてると思われちゃうかもしれない……。そんな最悪の事態にだけは、なりたくない。

もう少し様子を見てから、慎重に動いた方がよさそう。


ふいに、外から子供たちの楽しそうな声が聴こえてきた。

何かあったのかと少しだけドアを開けて外を見ると、アグリルが子供たちと楽しそうに話をしているところだった。

「アグリル様！　父ちゃんに剣をもらったんだ！　これで、将来はアグリル様を守る立派な騎士になる！」

「おお、すごいな！　でも、剣の道も厳しいんだぞ。毎日素振りをしなきゃいけないが……頑張れるのか？」

「もちろん！」

素振りをしてみせる犬獣人の子供に、アグリルは嬉しそうに笑いかけた。そして隣にいるその子の妹を含めた五歳くらいの子供たちには肩車をしたりして遊んであげている。

アグリルの周囲には、一〇人ほどの子供がいて、みんな楽しそうだ。

子供にもかなり好かれてるっぽいね……。

私がじいっと見ていたことにアグリルが気づき、手招きをした。

「あのハンターの姉ちゃんも遊んでくれるってよ！」

「な……っ!?」

その言葉に、子供たちが私のところへ走ってきた。

突撃されそうな勢いで、思わず助けを求めるように宿の女将さんに視線を向ける。……が、にこにこ嬉しそうに「ありがとうね～」と言われてしまう。

「お姉ちゃんエルフじゃん！」

「ハンターだって！　すごい!!」

「私もハンターになって、アグリル様に仕えたいのっ！」

「そ、そうなんだ……みんなまだ小さいのに将来のことちゃんと考えてて偉いね」

子供たちはお構いなしに、私の手を引っ張ってアグリルの下へ連れて来る。

「アグリル様！　ルーシャ姉ちゃんも一緒に森に行こうよ！　また食べられる植物とか、食べちゃ駄目なやつとか教えてよ」

「おお、いいぞ！　男たるもの、いつ何時、窮地に陥るかわからないからな！」

がっはっはと笑いながら、アグリルは子供たちを連れて森の方へ歩いていく。子供のリクエスト通り、森でいろいろ教えてあげるようだ。

こういう大人の一面もあるのか……。

私がついていくべきか悩んでいると、女の子が私の手を取り「早く」と微笑《ほほえ》んだ。

「私、ミュシャ！　お母さんに聞いたことがあるんだけど、エルフは薬草に詳しいんでしょ？　ねえお姉ちゃん、私に薬草のこと教えて！」

「……わかった。森には毒になるものもたくさんあるから、ちゃんと知っとかないのも怖いからね。ちゃんと言うことは聞くんだよ？　勝手に行動すると危ないから」

「うん！」

元気よく返事をするミュシャに苦笑しつつ、私はアグリルたちと森へ行くことになった。


森は村のすぐ近くにあり、木々の合間から光の入る明るい場所だった。

たまにスライムがいるくらいで、強い魔物はいないみたいだ。確かにこれだったら、子供たちが来るにもちょうどいい。

スライムだったら子ども数人でも倒せるだろうし、いい経験にもなる。

ただ、もちろん危険がゼロというわけではない。子どもたちもそれがわかっているようで、必ずアグリルが見える範囲にいてくれている。

みんないい子だなぁ……。

それだけに、アグリルを尊敬しているということがいただけない。どうかあんな大人にならないでくれと、私は祈るばかりだ。

「ルーシャお姉ちゃん、これは食べれる？」

「え？」

ふいにかけられた声に、ハッとする。そうだった、子どもの面倒を見るのはアグリルだけじゃなくて、私もだった。

女の子の手元を見ると、小さな木の実を持っていた。少し先にある背の低い木になっているため、子どもがもぎたくなるのはよくわかる。実際、私も小さなころに森で見つけて食べたことがある。

「食べれるけど、すっごく渋いよ」

「渋いの……？」

「うん。きっと食べたら変な顔になっちゃうと思う」

だから別に害はないけど食べない方がいいと教えてあげる。

「わかった――」

「なんだ、この木の実は食べれるのか」

「アグリル……」

女の子が素直に頷ききる前に、アグリルがやってきた。その手には同じ赤い実を持っていて、アグリルも自分でもいできたようだ。

「だから、すごく渋いって……あ」

私が言い終わる前に、食べれるなら試しだと、アグリルは渋い木の実を口の中に入れてしまった。せっかく渋いってことを教えてあげたのに、これじゃあ私のいる意味がない。

「んぐ、これは確かに渋いな……」

アグリルは舌を出して、苦い顔をする。

「だから言ったのに……。そもそも、その木の実は綺麗《きれい》でしょう？　鳥も虫も食べない木の実が甘くて美味しいわけないよ」

「はっはっは、それもそうだな。だが、味を知っておくというのはいいことだ。森で遭難したときに、不味《まず》くても食べられるということがわかっているだけでも助けになる」

確かに、毒があるかもしれなくて食べられないと怯《おび》えるよりは、不味くても食べられるものだとわかっている方が何倍もありがたい。

「だからって、今食べなくても——って、なんでみんなまで食べてるの!?」

「うえぇぇぇぇ、にがいいぃぃ、なんだこれ」

「ん〜〜〜〜っ!!」

「は、はう……」

「水、水、みず——!!」

アグリルが食べたのを見ていたからだろう、何人かの子どもたちも不味い木の実を食べてしまった。涙目になりながら、水を求めている。

「もう、何やってるの!　あ、三個も一気に食べたの!?」

お願いだからもっと警戒心を持って!

鞄から水の入った革袋を取り出して、全員に少しずつ飲ませていく。これなら、アグリルがいない方が数倍ましだった気がするよ……。

……はぁ。

ヒロキは大丈夫かな……?

8 アグリルの正体

「まさか馬車の中に工房が作られてるなんて……」

シューゼルさんが用意した馬車は、二頭のパカルーが引く造りになっていた。幸いなことにアナさんが御者を務められたからいいけれど、俺だったら絶対に無理だった。

なぜならパカルーとの相性が最悪だからだ。

「いい工房だろ？　素材探しに行った先で加工したりできるし、便利なんだ。むしろ、家より金かかってるかも～くらい」

「さすがです……」


馬車の荷台部分にある工房は、机と椅子を置いたちょっとした休憩スペースがある。その奥に工房用の作業台と、簡易的な窯がある。

床に置かれた木箱にはさまざまな素材が入れられていて、見ていて楽しい。

そして工房馬車ということもあり、とてつもなく頑丈だ。

だから、今みたいに嵐でも走らせることができる。ただ、屋根があるとはいえ御者席のアナさんは横雨に濡《ぬ》れてしまっているので……その点は申し訳ない。

カンカン音を立てながら弓を作っていくシューゼルさんを眺めていると、ルーシャが渡していた魔鉱石を取り出した。

あれを今から加工して弓に組み込むのか……！

魔鉱石は成長する武器を作れるので、武器を作る過程を見られることに緊張してしまう。

「さてと……【鉱石加工】【魔力操作】【熱変動】」

シューゼルさんがスキルを使うと、魔鉱石がゆらりと揺れた。

「硬い魔鉱石が、あんなに柔らかく……！」

魔鉱石の動きから、目が離せない。

シューゼルさんが触れた箇所は、まるで水飴《みずあめ》のように柔らかく伸びた。そのまま両手を広げるようにすると、魔鉱石はぐんぐん伸びていって棒のような形状に変化する。

キラキラ輝く魔鉱石だけに目を奪われて、それが一瞬弓の形になっていっていることに気づかないほどだった。

弓の形に魔鉱石を伸ばすと、今度はその一部をちぎってしまった。

「――っ！」

その行動に驚いて声をあげそうになったけれど、慌てて口を押さえる。

やばいやばい。シューゼルさんは集中してルーシャの弓を作ってるのに、俺がそれを邪魔するわけにはいかないよな。

シューゼルさんは弓の本体部分を机に置くと、ちぎった部分を手に持ったままもう一つの素材を木箱から取り出した。

弓の弦部分に使うレア素材、土竜《もぐら》の髭《ひげ》だ。

てっきりできあがった弓にそのままつけるのかと思ってたけど……やっぱり凄腕《すごうで》の鍛治師は弦にも一工夫を加えてくれるようだ。

「【結合】」

シューゼルさんがスキルを発動すると、魔鉱石が土竜の髭を包み込むようにして合体した。髭の部分を、透明な液体で包み込んだように見える。

鉱石で弦を加工したんだから、ちょっとやそっとで切れることはなさそうだ。

「……そうか、弦も成長するようになるのか」

「正解～～っ」

俺がぼそっと呟《つぶや》いた言葉はシューゼルさんに届いていたようで、あっさり答え合わせをすることができた。

「この弓ができあがったら、どんどん強くなるよ。弦が切れることなんて、まずないだろうね！」

「俺もそう思います。ルーシャが使ったら、きっと最高の弓になってくれる……って」

「なんだ、わかってるじゃん～～！　なら、さくっと仕上げちゃうかな。気分がいいから、もっとサービスするかな～」

「？」

かなり機嫌のよさそうなシューゼルさんは、にまにましながら鍵のかかった木箱を開けて何やらごそごそし始めた。

どうやら素材が入っているみたいで、何か植物のようなものを取り出した。

「なんですか？　それ」

「これはとある大樹のつぼみだよ。弓に植えつけたら根を張るから、特殊効果が付与される」

大樹のつぼみを弓の先端部分につけると、そこから根が張り弓を補強した。さらに弓には植物のデザインがつき、装飾だけでも稀少《きしょう》な弓だとすぐ想像ができた。

その上からスライムの液体をかけて、弓全体が丈夫になるよう加工をした。

「すごい……早くルーシャに見せたいです」

俺がそう伝えると、シューゼルさんはにやりと笑って首を振る。

「まだ完成じゃないよ～！　忘れたの？　俺にもう一つ素材をくれたでしょ」

「え？　あ、そうか……ポセイドンの槍《やり》!!」

「正解～っ！」

シューゼルさんは馬車の壁に立てかけていたポセイドンの槍を手にして、弓の前に立った。

……でも、槍を素材にするってどうするんだ？　分解して槍の先端部分を鉱石の素材として使ったりするんだろうか？

せっかくの槍だから、若干もったいないような気もするけれど……まあ、武器を強化するためにほかの武器を素材にするなんてよくあることか。

「んじゃ、最後の仕上げっと！　とりゃっ!!　――【融合】！」

「うわ……っ！」

シューゼルさんは槍を振り上げて、そのまま作業台の上に置いていた弓へ突き刺した。槍の先端がぶつかった場所は、大樹のつぼみを組み込んだ箇所。

ポセイドンの槍からキラキラ輝くミストが出て、その勢いはどんどん増して槍は水となりすべて弓に吸い込まれてしまった。

まるまるポセイドンの槍が一本……弓が吸収したみたいな感じなのかな？　でも、弓の大きさに変化はない。

……ファンタジーだなぁ。

できあがったルーシャの新しい弓は、植物をイメージしたデザインに仕上がった。

持ち手の部分は青の鉱石から柔らかな木の色になり、そこから葉が芽吹き蔓《つる》が伸びて力強い土竜の髭と混ざり弦になっている。

シューゼルさんが弦の部分を摑《つか》んで引くと、弓が静かにしなった。

「すごい……これならどんな魔物だって倒せそうですね」

「そりゃあね！　俺の作る弓は世界一だし、特にこれは気合入れて作ったからね～～！」

胸を張って弓のすごさを説明するシューゼルさんの瞳は、らんらんと輝いている。

「そうだなぁ、名前は……【命名】『花雫《しずく》』！」

「おぉおっ、スキルで名前をつけられるんですか？」

シューゼルさんが命名すると、弓――花雫は一瞬だけ光ってみせた。何が起きたのかは見ていただけじゃわからないけれど、強さや特殊効果がついたのかもしれない。

次に白い布を取り出して、その弓を包んで俺に渡した。

「どんな弓に仕上がったかは……ルーシャが持つまでのお楽しみってね。今から助けに行くんだろ？　だったら、ヒロキが持ってたらいいさ」

「わかりました。絶対、ルーシャに渡します」

両手で弓を受け取って、魔法の鞄《かばん》にしまう。

ルーシャの最強武器ができあがったから、俺も強い装備を作らないとな。武器はいらないから防具かアイテムか……考えるだけでも楽しみだ。


あとはもう、タンジェに着くまですることはない。

「にしても、そんな連れ去りをする奴《やつ》がいるなんてなぁ。いったいどんな奴だったんだ？」

「えーっと、アグリルって言う白豹《ひょう》の獣人です。がっしりした体格で……シューゼルさん？」

アグリルのことはちゃんと説明していなかったと思い、名前と特徴を簡単に伝えたのだが……シューゼルさんがなんだかげんなりした顔をしている。

「もしかして……知り合いですか？」

「いや、違う」

そうだったら非常にやりにくいんじゃと思っておそるおそる聞いたけれど、どうやらそれはなかったらしい。

でも、だとしたらどうしてそんな顔をしてるんだ……？

「その特徴と名前は……獣王と一緒だ」

「……え？」

……………獣王？

獣王って、このタンジェリン大陸の頂点に君臨する人のことだよな？

「えっ？」

「御者を頼んだ彼女なら、その連れ去り犯の正体も知ってるんじゃないのか？」

「あ……そうですね、アナさんはアグリルの部下だって言ってましたから」

突然の情報に多少混乱しつつ、ドア代わりになっている布をめくって、御者席に座っているアナさんに声をかける。

雨は少し小降りになっていて、大きな通りを走っているところだった。

「あ、ヒロキさんにシューゼルさん。どうしました？　もう少ししたら声をかけようと思っていたんですよ。ほら、タンジェの街が見えてきました！」

アナさんが指差す先を見ると、街が見えた。

タンジェの街は、その周囲が大きな川という造りになっていた。どうやら、雨が降っても水をそこへ流す仕組みになっているみたいだ。

中央には大きな木と、それに寄り添うような形で立派な王城が見えた。おそらくそこが、獣王の住む城なのだろう。

っていうか……。

「シューゼルさんに聞いたんですけど、獣王の名前と特徴がアグリルと一致するみたいですね？」

俺がそう言ってにっこり微笑《ほほえ》んでみせると、アナさんはその場で勢いよく頭を下げた。

「ああぁぁすみません、すみませんんんっ！　お伝えしなきゃいけないとは思っていたんですが、なかなか言い出せなくて……本当にすみません」

「あー……じゃあ、本当に獣王なんですね……」

「……はい。すみません……」

大物どころじゃなかった。一番の大物だ。というか。魔法陣の手掛かりを見つけるために、獣王に会えたらいいな……なんて思っていたっていうね。

でも、アグリルが獣王ならばあの強さにも合点はいく。

ルーシャの攻撃（わざとではないんだけど……）をなんなく防いだ実力は、只者《ただもの》じゃないと思ってたからな……。

気は進まないけど、どうにかして情報は手に入れたい。ただ、あんな自分勝手な奴と仲良くできる自信がない。

「ああもう……」

タンジェまではあと少しだから、早くどうするか決めないといけないっていうのに。

◆　◆　◆

タンジェの街に着いてすぐ、俺たちは宿をとった。

俺は一〇畳ほどの部屋に一人、机に向かって悩んでいるところだ。

ここへ着くまでの四日間は道中がとても長く感じたけれど、ここにきて相手のアグリルが獣王だという新事実が発覚してしまった。

さて、どう作戦をとるべきか。

「ん〜……堂々と正門から行くか、それともこっそり忍び込むか？」

不意をつけたら一番いいんだろうけれど、それは無理だろうと思っている。なぜかって？　それは、相手が実力者だからだ。

裏で何か仕掛けたとしても、実行に移した瞬間その気配を感じ取られてしまうのではないかというのが俺の予想だ。

「じゃなきゃ、ルーシャの弓にだって反応できないだろうし……」

それに、忍び込む場所が獣王城ということは失敗したときのリスクがでかい。

「ゲームだったら城に忍び込むなんて展開、よくあるんだけどなぁ」

しかしそれをこの世界でやろうもんなら、即座に捕まって牢屋《ろうや》に入れられてしまうだろう。そうなれば、自分だけの力で抜け出すのは難しい。

セーブして失敗したらロードするっていう話じゃないからな。

俺はプリーストだから、戦いになったら勝てないし……。

何がなんでも達成するべきことは、ルーシャを取り返すこと。

できれば獣王とは情報を得る意味も考えて仲良くしたかったけれど……話し合いができないなら仕方がない。

避けなければいけないことは、俺が捕まって身動きが取れなくなってしまうこと。この一点に限る。

「となると、忍び込むのはやっぱりリスクが高すぎる。まずは正面から謁見の申し込みをして、もし駄目なら……やっぱり忍び込むか」

普通はいきなり王に会うことはできないだろうけれど、俺には奥の手がある。普通に行くよりは、可能性が高いだろう。

「よし、ひとまずはこんなところでいいだろ。情報収集も兼ねて、獣王城の周囲を歩いてみるかな」

――こんこん。

「ん？」

作戦を決めたところで、ドアがノックされた。

「ヒロキさん、アナです～」

「ああ、どうぞ」

アナさんを招き入れてお茶を出すと、それを飲んで一息ついた。ここまでずっと御者をお願いしてしまったので、かなり疲れているはず……。

「すみません、無理をさせてしまって」

「ああ、いえいえ。元はといえばアグリルが全部悪いですから……。それからすみません、遅くなってしまって。パカルーは牧場に預けてきたので、帰るときに引き取りに行ってください……って、シューゼルさんにお伝えください……」

一週間以内の預かりであれば料金は変わらないので、いつ引き取りに行っても問題ないことをアナさんが説明してくれる。

そしてシューゼルさんに直接伝えないのは、彼が休んでいるからだ。馬車の中で弓を作り、疲れ果てて寝ている。

アナさん曰《いわ》く、神を起こすなんてとんでもない……ということらしい。

「ありがとうございます。シューゼルさんには伝えておきますね」

「はい、お願いします。それと……ヒロキさんは、もう準備は大丈夫ですか？」

「ん？」

なんの？

そう言うよりも先に、アナがさらりと爆弾を落とした。

「今からアグリルに会いに行こうかと」

「……そうですね」

まさか獣王本人のところまで案内してくれるとは、さすがに思いませんでした。

◆　◆　◆

獣王が住む、タンジェリン大陸中央にある獣王城。

まさか正面からこんなあっさり入ることができるなんて。

「あ、アナさんおかえりなさい！　アグリル様はもうお帰りですけど……」

「アナさん、転職どんまいです……！」

「あはは……ありがとうございます」


獣王城は、王本人を表しているかのような白銀の鉱石を使った城だった。すぐ横には、先ほど遠目から見た大きな木がそびえていて、思わずその存在感に息を呑《の》んだ。

獣人はもちろんだけど、エルフやドワーフ、人間も働いている。

すれ違う際にみんながアナさんに挨拶をしていくので、アナさんは部下だと言っていたけどどんな立場にいるのだろうと背中を冷や汗が流れる。


無言で歩き続けるのも辛《つら》いので、とりあえず話を振ることにした。

「アナさんはここで働き始めて、長いんですか？」

「ああ、私はアグリルの幼馴染《おさななじみ》なので……子供のころから遊び相手としてほとんど毎日のように通っていたんです。今は一応側近という立場なんですけど、どうも子供のときからの感じが抜けきれなくて」

「側近……だったんですか」

確かに部下と言えば部下だけど、側近！

口癖が『すみません』で、腰の低いアナさんが獣王の側近というのは、少しイメージがしにくかった。

ああでも、あの獣王ならちょうどいいのかもしれない。側近まで自分勝手で偉そうだったら、きっとこの大陸はお終《しま》いだったかもしれない。

「えーっと、獣王は執務室とかにいるんですか？」

「いいえ、今の時間は中庭で騎士たちと鍛錬しているはずです。毎日体を動かさないと鈍《なま》るとか言って、欠かさずやってるんですよ」

だから今日も中庭にいると、アナさんが説明をしてくれた。

獣王城の長い廊下を進んでいくと、渡り廊下へと出た。

開けた場所は学校の校庭二つ分くらいの大きさがあり、その入り口部分には獣王の像が建てられている。騎士たちが鍛錬をしている様子もよく見える。

そしてその中心部にアグリルがいて、けれど俺の視線はそのさらに先を捉えた。

どこか不機嫌そうに頬《ほお》をふくらませながら、風に靡《なび》く蜂蜜色の髪を手で耳へかきあげると……長い耳があらわになる。

その視線が向く先は鍛錬をしている騎士たちで、まだ俺の存在には気づいていない。

ああもう。

これだけ近くに相方がいるんだから気づいてくれたっていいだろうに。俺はめいっぱい息を吸い込んで、それを言葉と一緒にはき出した。

「――ルーシャ!!」

俺の声に、その長い耳が反応してぴくりと動いて――ばっと顔をこちらに向けた。

「ヒロキ!」

ベンチに座っていたルーシャが立ち上がったので、俺は急いでそちらへと走っていく。

しかしまあ、それに気づかない獣王ではない。アグリルは俺を見て目を見開き、鍛錬を一時中断してこちらへ向かってきた。

――ルーシャに近づかせないつもりか?

アグリルがたくましい脚で地を蹴り上げると、風を切ってこちらへと突進するように向かってきた。さすがは白豹の獣人だけあって、一瞬で間合いが詰まる。

勢いがあるままアグリルの腕が俺を捕まえようと動く、でも――

ミス!

一対一で、俺が避《よ》けられないわけがない。

アグリルの腕はあっけなく宙を掴み、俺たちは一切接触することなくすれ違った。

「な――……っ」

ひゅっと息を呑むようなアグリルの声に、思わずにやりと笑う。

きっと、俺のことなんてもともと眼中にはなかっただろう。それなのに、ご自慢の体と速さをもってしてもかすりもしなかったのだから。

俺はいとも簡単に、ルーシャの下《もと》まで辿《たど》り着《つ》いた。

「ごめん、助けに来るのが遅くなって」

ちょっとだけ久しぶりで、しかも名前を大声で呼んでしまったこともあり……なんだか恥ずかしい。その羞恥心を誤魔化《ごまか》すように笑うと、ルーシャもくすりと笑った。

「ううん！　ありがとう、ヒロキ。隙を見てどうにか逃げようと思ってたんだけど……まさか先に迎えに来られちゃうとは考えてなかったよ」

「ルーシャらしいなぁ……」

どうやらルーシャは自力で逃げ出すつもりだったらしく、俺が先に来てしまったことが若干悔しいようだ。

男としては先に助けに来られたことにほっとしてるけど……！

「大丈夫か？　怪我《けが》とか……ああもう、【ヒール】」

確認するより回復してしまった方が手っ取り早い。

ということでスキルを使うと、ルーシャがくすくす笑う。

「ありがと、私は元気だよ。怪我一つないし、問題なし！　ヒロキこそ、よくあの大雨の中こんなに早く来れたね」

「ならよかった。俺は、シューゼルさんとアナさんが協力してくれたから、ここまで来れたんだ。一人だったら、まだハンター神殿で呆然《ぼうぜん》としてたかも」

「あはは、大袈裟《おおげさ》だよ。ヒロキはすごいんだから、すぐ解決方法を見つけて私のところに来てくれたよ、絶対！」

間違いないと言い切るルーシャに、俺は噴き出して笑う。

「ルーシャといると気が抜けるっていうか、落ち着けていいな」

「何それ……一応、褒め言葉として受け取っておくよ」

「褒めてるって」

なんだか一気に場が和んだな……。

あとは帰ればいいんだけど、さすがにこのままさようなら……って訳にはいかないか。

ルーシャをあきらめず、今後も付き纏《まと》われたりしたら困る。そして欲を言うなら、魔法陣に関する情報もほしいところだ。


「俺を避けた……だと？」

「あ……」

そういえば獣王が俺を捕まえようとしてたんだった……。

ルーシャと話をしたからか、うっかりしていた。

中庭の中央で佇《たたず》み、俺のことを見ている。その瞳はぎらついていて、猛獣に睨《にら》まれたらこんな感じかなと考えてしまう。

さて、どうしようか。

「――俺と、勝負をしませんか？」

「何？」

獣王の性格を考えたら、正面から勝つのが一番手っ取り早い。古今東西、この手の相手は決闘好きだと決まっている。

一応ちらりと渡り廊下を見ると、アナさんが頷《うなず》いているのも見えた。俺の判断は、悪いものではなかったみたいだ。

ルーシャは隣ではらはらしつつも、信じてくれているようで一歩後ろに下がった。

獣王は俺のことを吟味するかのようにじっくり見て、その考えを口にした。

「ルーシャを部下にしたいと思っていたし、それは今でも変わらない。……だが、それ以上にお前にも興味がわいた」

「俺に……？」

「ヒロキ、お前は俺の攻撃を避けた。かなり手練《てだ》れの前衛職――そう思っていたが、違った。ヒーラー……いや、プリーストだろう？」

「――！」

ルーシャにヒールをかけたからヒーラーだと思われると思ってたけど、まさか俺がプリーストだと見抜かれるとは思わなかった。

プリーストである要素なんて、一つも見せなかったんだけどな。

……野性の勘か？

「俺のことを避けたし、何より予想以上にここまで早くやってきた。それだけでも、ただのヒーラーじゃないことくらいはわかる」

その言葉を聞いて、なるほどと納得する。

根拠はないが、俺の行った結果だけを見ると――その実力を認めることができたということだ。

獣王はたったそれだけのことで、俺を認め、プリーストと言ったのか。

決断が早く、潔よい。

「……なら、勝負を受けてくれますか？」

「ああ、いいだろう！　まさかプリーストと勝負をするなんて、考えたこともなかった！」

獣王はあっさり俺の提案に乗って、勝負を承諾してくれた。

これで俺が勝てばいろいろなことが上手《うま》くいく……はずだ。

「それじゃあ、勝敗時の条件を――」

「そんなまどろっこしいことは必要ない。勝った奴がすべて！　それでいいだろう？」

「……わかりました」

どれだけ脳筋なんだ!!

俺が勝ったら、俺たちに付き纏わないという条件にしようとしてたんだけど……獣王の言い方なら、ほかにもお願いすれば聞いてもらえそうだな。

これは俺にラッキーな条件だと思う。もちろん、勝つという最低条件は必要だけど。

ただ、その分……俺が負けたときのリスクが大きい。

……いや、それは負けたときに考えればいい。現状は俺が勝つという想定しかしてないし、正直負ける気もしない。

俺は深呼吸をして、獣王を睨みつける。

その獣王越しに、この国の騎士たちが見えた。獣王と一緒にここで鍛錬していた人たちで、その存在をすっかり忘れてしまっていた。

とはいえ俺に突っかかってくる人はいないので、獣王が命令しない限りは動かないだろう。

するとふいに、アナさんが視界に入った。

「すみません、私が審判を務めます。構いませんか?」

「俺は問題ない」

「同じく問題はないです。ありがとうございます、アナさん」

獣王の側近とはいえ、俺をここへ連れて来てくれたし、今までの言動にも脳筋のような問題は特に見当たらなかった。

きっと、公平に審判をしてくれるはずだ。

「それじゃあ私、アナが審判をさせていただきます。二人とも、対面してください」

アナさんの言葉通りに、俺は獣王と向かい合う。

後ろからルーシャの声援が聴こえてきて、これは絶対に負けるわけにはいかないと気合が入る。

「胸をお借りします、獣王」

「プリーストとの戦いは初めてだ！　手加減はしないぞ、ヒロキ！」

「もちろんです」

獣王と言葉を交わすと、アナさんが右手を上げて合図をする。


「それでは――始め!!」


合図とほぼ同時に獣王が動いたのを見つつ、俺はスキルを使う。

「【シールド】【リジェネ】」

この二つを使っていれば、そう簡単に追い詰められることはない。

獣王はといえば、ぐっと拳を握り込んでパンチを繰り出してきた。


ミス！

ミスミス!!

連続での攻撃だったけれど、それは俺に当たらない。

小さく舌打ちをして、獣王が後ろに飛《と》び退《の》いた。

「くそ、どうなってやがる……プリーストのスキルか？」

「さすがにタネ明かしはしませんよ」

なんて、意味深に獣王の問いに答えてみたけれど……タネなんて何もない。ただただ純粋に、回避ステータスが高いだけだ。

獣王がどんなスキルを使ってくるかはわからないけど、この調子なら攻撃が俺に当たることはないだろう。


ミス！


「くそ、当たらねえ……！」

獣王が五月雨《さみだれ》のように拳を振るうが、それは一撃も俺に届かない。

ミス！

ミスミス！

「こうなったら……【身体強化】！」

「【スキルレスト】！」

「んなぁ――っ!?」

さすがにそれを使われたら、回避できなくなる可能性がある。なので、そういったスキルは封じさせてもらうに限る。

スキルレストは、使用者のアクティブスキルの効果を無効化するものだ。あまり使用する機会は多くないけれど、重宝するスキルの一つ。

獣王はわなわなと体を震わせて、俺を睨む。

「ふん、【身体強化】！」

「【スキルレスト】」

「ぐ……っ、【身体強化】!!」

「【スキルレスト】」

「な、なにぃ……っ!?」

何回スキルを使ったとしても、全部無効化してやる。

というか、一回目に無効化されたときにあきらめたらよかったのに。何回も対策されていることをしても、なんら意味がない。

けれど、獣王には別の狙いもあったようだ。

「三回……!? 魔力の消費が激しいスキルレストを三回使っても余裕で立っているとは……さすがルーシャの仲間といったところか」

「ああ、魔力切れでも狙ってましたか？　残念、俺の魔力は切れないですよ」
いっそ無限と言ってもいいくらいあるんじゃないかな。回復のステータス値は１００だから、よほどのことがない限り魔力はなくならない。
「それなら……己の拳で向かうのみ！」
「……っ！」

ミス！

ぶんっと、獣王の拳が風を切る。

ミスミス！

「ぐぬぬ……っ！　男なら拳で語ってみせねぇか！　【連打撃】!!」

ミス！
ミスミス！

トン！

ミスミスミス！

「「――っ！」」

獣王の連撃のうちの一撃が、俺に届いた。シールドで防がれたのでダメージにはならなかったけれど、喰《く》らってしまったことにショックを受ける。

スキルを使うほど数が多く素早い拳は全部避けられない……か。やっぱりスキルはすごいし、勝負の要にもなるな。

「【シールド】」

防御できる回数は五回なので、あと四回は獣王の攻撃を防ぐことができる。でも、もしものときのためにシールドをかけ直す。

「こんな厄介な相手は初めてだ」

「……俺も、あなたみたいにパワーと速さがある人は初めてですよ。すごい威力のパンチですね」

「んなもん、当たらなかったら意味ねぇだろうが！　うおおぉぉぉ【咆哮《ほうこう》】!!」

獣王が吼《ほ》えると、ビリビリした空気がこちらに向かってくる。けれどそれを体がはっきり感知するより先に、俺は反射的にスキルを使っていた。

「【スキルレスト】」

「これもか……っ！　くそおぉぉっ!!」

獣王の拳が勢いよく振り下ろされるが――

ミス！


きっと何回殴りにかかってきても、俺に当たることはないだろうな。

そしてふいに、獣王の動きがピタリと止まった。


――ん？


どうしたのかと様子を見ると、獣王は大きく息をはいて視線をルーシャに向けた。まさか、俺に攻撃が当たらないからルーシャを狙うつもりか!?

そんなこと、させるはずがない。

俺は急いでルーシャの下まで行き、スキルを使う。

「ルーシャ、下がれ！【セーフティーサークル】！」

「ヒロキ!?」

「獣王がルーシャを見てたから、念のためだ。ああ、これも渡しとくから」

このタイミングはなんだか格好がつかないけれど、もし獣王がルーシャも巻き込むつもりなら絶対に渡しておいた方がいいだろう。

「シューゼルさんの作ってくれたルーシャだけの弓、『花雫』だ」

ルーシャは俺から受け取った弓を手にすると、ひゅっと息を呑む。

「あ……」

ルーシャが声をもらすのと同時に、小さな葉がその姿を大きくした。どうやら、俺ではなくルーシャが手にしたからわずかに成長したようだ。

さすがは成長する武器、といったところか。

「こんなすごい弓ができたの？　私に……扱えるのかな？」

弓を持つルーシャの手が震えていて、それだけでこの弓がすさまじいものだということが伝わってくる。シューゼルさんは、いったいどれほどのものを作ったんだ……。

そして気づくと、獣王がすぐ近くまでやってきていた。

「それがルーシャの新しい武器か……素晴らしいな」

どうやら一目見ただけでわかったらしく、獣王の目がどこか輝いている。わくわくした様子で、獣王は言葉を続けた。

「お前たちは二人でパーティなんだろう？　攻撃はすべてルーシャの役目か。なら、その弓を使って二人で俺にかかってこい！」

「え？　ルーシャも一緒に……ですか？」

「そうだ」

アグリルがルーシャに視線を向けたのは、決着がつかないから二人でかかってこいと言うためだったのか。

「新しいこの弓……花雫で？」

言ってすぐ、ルーシャが力強く弓を握りしめた。どうやら、花雫を使いたくて仕方がないみたいだ。

「本気で……花雫を使ってみたい。アグリルがいいって言うなら、私は遠慮なんてしないよ」

「ああ！　こんなにわくわくする対決、いつぶりだろうな……！」

ルーシャも獣王もとても楽しそうで、俺は小さくため息をつく。

でもまあ、ルーシャがいれば攻撃ができるから獣王に勝つこともできるだろう。俺一人だと、ずっと決着がつかなかったかもしれないし……。

とりあえずルーシャにも支援をかけよう。

「【シールド】【リジェネ】っと」

「ありがとう、ヒロキ」

ルーシャがぐっと弓を握りしめる。

「んじゃ、やりますか」

「うん！」

俺とルーシャが獣王と対面すると、はあぁとため息をつく声が耳に届いた。

「ああもう、勝手にルールを変えて……本当にすみません、ヒロキさん、ルーシャさん」

その犯人はアナさんで、急なルール変更をした獣王に不満を持っているらしい。まあ、いつも振り回されていたみたいだから……その気持ちはよくわかる。

「すみません、アナさん。審判の継続をお願いできますか？」

「それはもちろん。ヒロキさんとルーシャさんには、ぜひ一度も負けたことのないアグリルを倒していただきたいですね……」

アナさんがそう言うと、獣王は愉快そうに笑う。

「さすがに俺に勝つのは無理だろう。いい勝負にはなるだろうが……！」

獣王は自分が負けるとは微塵《みじん》も思っていないらしく、余裕たっぷりだ。俺にまだ一撃すら与えられていないっていうのに、その自信は折れていないようだ。

……なら、ルーシャの攻撃を受けて後悔すればいい。

「ルーシャ、手加減なしの本気でいくぞ」

「もちろん！」

ルーシャは後ろに大きく跳んで距離を取り、矢を作って弓に番《つが》える。

花雫

製作者：シューゼル

攻撃ステータス＋20

大樹のつぼみが魔鉱石に根付き、その恵みにより攻撃を行う弓。所有者とともに成長し、どんな荒野でも力強い花を咲かすことができるだろう。

水属性のスキルを使用する場合、攻撃力＋10％アップ。

「――いい勝負になんてならないよ。私と花雫が、一撃で終わらせるから！」

「ルーシャ……！」

新しい弓はかなり手応えがいいようで、ルーシャは自信満々だ。

ぐぐっと弦を引くと、弓はそれと同時に少しだけ大きさを変えた。長くなって、より威力が、飛距離が、持ち主であるルーシャに応えているかのように見える。

これは俺の想像以上にすごい弓に仕上がってるんじゃないか？

ルーシャが口元に弧を描いて、矢を放った。

獣王もすぐ臨戦態勢になり、ルーシャの矢を殴り返そうとして――


ミス！


ですよね～。

ルーシャの攻撃が一撃でターゲットに当たるわけがない。もともと威力重視で命中がないのはわかっていたので、獣王に当たるまで繰り返せばいいだけだ。

すぐ次の攻撃に、そう指示を出そうとしていたのだが……きっとここにいる誰もが予想していないことが起きてしまった。

ドゴンと大きな音がして、嫌な予感がしつつもそちらを見て――思わず顔が引きつった。

ルーシャの矢が、重厚で高そうな獣王の像を破壊してしまっていた――。

9 予想外の収穫

「あ、アグリル様の像が破壊されたぞ!?」

「嘘《うそ》だろ!?　だってあれは、世界で一番硬い鉱石で長い時間をかけて作ったたって……」

「すさまじい破壊力だ……」

壊れた像に動揺を隠せない騎士たちが、恐ろしいものを見たような顔をルーシャに向けている。

そして何より、獣王もフリーズしている。

壊れた像は真ん中から二つに割れて、その破片が周囲に散らばってしまった。これはもう、修復不可能だぞ?

この様子を見るに、かなり高価なものだったということがわかるわけで。とりあえず謝罪した方がいいのか?　でも、まだ勝負の途中だし、これはある意味不慮の事故……?

悩んでいると、獣王が肩を震わせた。

「ふふ、ふ……はっはっは、まさかその像を壊すほどの攻撃力を持った者がいるなんて、とてもじゃないが想像できなかったぞ!」

「じゅ、獣王……?」

嬉《うれ》しそうに笑う獣王は壊れた像の塊を一つ手に取って、破片などが散乱していない場所へ置き直した。

「……?」

いったい何をするつもりだと様子を見ていると、獣王は全神経を集中させて像の欠片《かけら》に思いっきり殴りかかった。

ガンっと大きな音がして、なんでさらに像を破壊するのだと俺は理解に苦しむ。

もしかしたら、俺も壊したからお前たちの責任は問わない！　なんて粋なことをしてくれるつもりなんだろうか。

しかしその結果、驚きに目を見開いた。

「……くっ、無理か……」

「そんな……あのパンチで無理だっていうのか？」

獣王が殴りつけた像の欠片は、ヒビ一つ入らず地面に置かれたままだった。

ルーシャも驚いて、「え？　え？」と焦っている。

「見た通りだ。俺はこの像に傷一つつけることができないんだが……それを破壊するとは、俺が考えていたよりずっと強いハンターだったか」

「私に……こんな力がついてたなんて」

「はっはっは！　ここまでくると、気持ちがいいな！　ヒロキにルーシャ、お前たち二人とも、気に入った！」

ルーシャは驚きよりも嬉しさが勝ったようで、ぎゅっと弓を握りしめて微笑《ほほえ》んだ。

そしてもう一度クリエイトアローで矢を作り、深呼吸をする。まだ勝負を続けるつもりのルーシャに、獣王も拳を握りそれに反応する。

これはもう、ルーシャの矢が掠《かす》めでもしたら俺たちの勝ちじゃないか？　なら、決着がつくのも時間の問題。

勝負はもらった！

「ストップ！　終わり、終わりです!!　勝者はヒロキさんとルーシャさんのペアです！」

「「えっ？」」

そう思ったのだが、アナさんが先に審判を下してしまった。

「アグリルが傷すらつけられない像を破壊したんですから、ルーシャさんの方が攻撃力は高いです。それに、ヒロキさんに攻撃が掠りもしなかったじゃないですか……」

「う、それは……」

「だからここは負けを認めて、また修行でも鍛錬でもしてください。私も付き合いますから」

子供に言い聞かせるようなアナさんの口調に、これじゃあ獣王の威厳も何もない。しかし獣王は図星を突かれたためか上手《うま》く反論できず、視線をそらした。

「でもアナ、ここから楽しい戦いになるところだぞ？」

「私は別に楽しくありませんから。再戦したいというなら、アグリルはあの欠片を拳で壊せるようになってからにしてください。そうすれば、また審判を引き受けますよ」

「むむ……確かにそうだな。あの像を破壊できる強者に挑むには、それくらいの実力がなければ失礼というものか……まだまだ俺も修行が足りないな！」

アナさんに丸め込まれ……もとい説得されて、獣王は素直に頷《うなず》いた。

「ルーシャ、ヒロキ、すまなかったな。部下になれなんて……むしろお前たちの強さを考えたら、俺が部下になるくらいがちょうどいいか！　はっはっは！」

「アグリル!!　馬鹿なことを言わないでください、もう！　すみません、ヒロキさんにルーシャさん。あとでよく言っておきますから……」

アナさんは疲れ果てた様子で、俺とルーシャに頭を下げる。

「いえ、アナさんのせいではないですし。でも、この像って貴重なものですよね？　壊してしまったのは——え？」

「ん？　どうかしました……んん？」

弁償しないといけないだろうかと内心冷や汗をかきながら、俺は一歩……壊れた像に近づいた。

正確には、その像の欠片と一緒に落ちているものの下《もと》へ。

「ヒロキ？　何かあった——え、それ！」

「なんだ、どうしたっていうんだ？」

俺は地面に落ちているそれを手に取り、ルーシャに見せた。一緒に獣王とアナさんも覗《のぞ》き込んできたけれど……アナさんだけは不思議そうに首を傾《かし》げている。

像の破片がついているから、像の中に保管されていたのだということがわかる。俺が手に持ったのは、魔法陣の鍵だ。

持ち手の部分はリング型になっていて、その中心部分に宝石がはめ込まれている。俺がティト様からもらった魔法陣の鍵と、とても似たデザイン。

この鍵を二本使うと、開けられる扉があって……遠い地に行けるらしいとティト様が教えてくれたのを思い出す。

そのとき、一本は魔王であるティト様が。もう一本は、タンジェリン大陸にあるということも聞いている。


「ヒロキ、それを渡せ。あの像から出てきたものなのだから、勝手にされては困る」

先ほどの戦いよりもずっと、獣王の表情が険しくなった。

おそらくこれがどういうものか知っているのだろう。けれどこの鍵は、俺たちが日本に帰るために必要不可欠なものだ。

……どうにかして、譲ってもらわないと。

「様子から見て、お前は魔法陣を知っているんだろう。だが、それはそう簡単に情報を与えていいものではない」

譲る様子のない獣王の前に、ルーシャが飛び出した。

「あの！　私たちは魔法陣のことについて調べているの。だから、話を聞かせて！」

「……俺に勝った強者だから許可をしたいところだが、こればかりは駄目だ。自分で最初に手にすることができなかったが、これは代々獣王が管理すべき鍵だ。黙って渡せば、それを見たことも不問にする」

「そんな……っ！」

今までとは違い、この鍵に関しては一切の妥協を見せない。

俺とルーシャが勝ったことを理由に鍵をもらえたら楽だったんだけど、どうやらそう上手くはいかないみたいだ。

「ルーシャ、こっちに」

「う、うん……」

あとの交渉は全部俺に任せろという意味を込めて名前を呼ぶと、ルーシャは俺の横に来た。不安そうにしているので「大丈夫」と笑ってから、獣王を見る。

一介の冒険者であれば、きっとこの件に関しての話は一切してくれないだろう。でも、俺には力強い味方がいる。

ああ、あのときあなたに会えて本当によかった。

「獣王。俺はヒロキ・サクライ。あなたが言い当てた通り、プリーストです。この鍵と魔法陣について、話をする場を設けてはいただけませんか？」

ゆっくり告げてから、俺は魔法の鞄《かばん》にしまっておいた短剣を取り出して獣王に見せる。

「お前、短剣のその紋章……」

「これで、俺が話す価値のある人間だと……思っていただけましたか？」

「まさか……そんなものを持っていたとはな」

俺が見せた短剣は、先代の魔王であるドューイ様にもらった紋章入りのものだ。いつか役に立つからと渡してくれたけれど、今までは使う機会がなかった。

魔法陣のことを調べるにあたり、きっと助けになると……そう言い残して消えたティト様の父親。

心の中でお礼を告げて、俺は獣王を見る。

「場を、設けていただけますね……？」

少し強めに言うと、獣王の口元が吊《つ》り上がるのがわかった。

「いいだろう。アナ、部屋を用意しろ！　その後は人払いをせよ！」

「は、はいっ！」

獣王がすぐさま指示を出して、俺たちの話し合いの場が用意された。


俺は軽く拳を握り、獣王を見る。ぎらつくような目はまさに肉食獣で、油断したら一瞬で取って喰《く》われてしまいそうなほど。

さあ、ここからが正念場だ。

10 村なしのエルフ

夜になると、冒険者の酒場はどこも騒がしい。

狩りから帰ってきた冒険者たちが飲んで楽しそうにしていて、でもゆっくり食事を楽しんだり、一人で来ている女性も何人かいる。

私も、今は酒場に一人でいる女の一人。


名前は小鳥遊《たかなし》るり。

職業はウィザードで、その実力は冒険者の中でもトップクラスだと自負している。攻撃魔法全般が得意だけれど、索敵や状態異常の魔法も使うことが可能。

小さな杖《つえ》を武器にし、紫のドレスローブで体を守る。どこから見ても冒険者だけど、本来は長い黒髪の普通……の、女の子だった。

魔王を倒せと、日本からこの世界に召喚されたうちの一人。今は広希《ひろき》とは別行動をしていて、蓮《れん》と二人で帰還の方法を探している最中。


頼んだシチューを食べ終えると、ちょうどタイミングよく酒場のドアが開いて蓮が私のところへやってきた。

「ごめん、お待たせ。大丈夫だった？」

「ええ、問題ないわ」

「ならよかった」


ふにゃりとした笑顔を見せたのは、渡辺《わたなべ》蓮。

私と一緒に召喚された日本人で、その役割は勇者だ。

争いごとを好まない温和な蓮だけれど、私や広希を守るためにその剣を振るってくれている。日本への帰還を一番望んでいるのが蓮であることは間違いない。

赤を基調とした騎士服には、私のドレスと同じ召喚した王国の紋章がついている。国王の犬だと思えてしまうその服を脱ぎ捨てたくなるけれど、今はまだ情報が集まっていないので仕方なく袖を通している。


「あ、シチュー食べてたんだ。僕もそれにしようかな」

蓮がメニューに手を伸ばして嬉《うれ》しそうにしているけれど、私は彼に残念なお知らせをしなければいけない。

「絶品だったからオススメしたいけれど……どうやら、ターゲットが動くみたい」

「！　なら、それが終わるまでご飯はお預けか」

「私が引き続き尾行するから、蓮は食べてからでいいわよ？」

腹が減ってはなんとやら、そんな言葉もあるくらいだし。

そう言って私が立とうとすると、蓮に「駄目だよ」と腕を掴《つか》まれて止められてしまった。

「だってるり、一日中見張ってたんだから……自分で思ってる以上に疲れてるよ。僕は今まで寝てたし、干し肉でも齧《かじ》ればひとまずお腹《なか》は満たせるから大丈夫」

「でも……」

「だーめ。るりは無理しないで、宿で寝ててよ」

蓮は押しに弱いくせに、こうして酷《ひど》く頑固なところがある。

ただ、それは私たち仲間を思いやってこそのことなので、私も強く言い返すことができなくなってしまう。

仕方ないと、私は蓮の提案を呑《の》むことにした。


私たちは今、日本への帰還方法を探している。

その手掛かりの一つが、魔法陣に長《た》けた『大樹の民』というエルフだというところまで、広希たちと一緒に情報を得ることができた。

広希とルーシャはタンジェリン大陸へ行き、私と蓮は人間の国で情報収集をしている。ただ、まったく手掛かりがないので……捜査はなかなか進まない。

今しているのは、とあるエルフの尾行だ。

大樹の民がエルフであることは間違いないので、少し怪しいエルフを見つけたら話しかけたり何をしているか後を追ってみたりしている。

とはいえ、そう簡単に怪しいエルフが見つかるわけではない。私たちは試行錯誤しながら、小さな手掛かりを見つけてきたのだ。

思い返せば、今回のことはとてもラッキーだった。

◆　◆　◆

「えっへへ〜、魔法使いがパーティに入ってくれたのは助かったよ！　私たちはアーチャーとナイトの二人だけだから！」

「いえ、私もちょうど一緒に狩りができる人を探してたから、助かったわ」

情報収集をするにあたり、私と蓮は別行動をとることにした。その方が効率よく情報を集めることができるから。

ただ、絶対に無理はしないことという約束はしている。

私はエルフと獣人の二人組に、一緒にパーティを組まないか声をかけた。その結果、こうして歓迎されて受け入れてもらうことができた。

もともと狩りをするという想定でパーティに入れてもらったので、私たちはさっそくダンジョンへやってきた。

「……【サーチ】、この辺にいる魔物は、あのゴブリンで最後みたいね」

「オッケー、【ファイアーアロー】！　これで一段落っと」

「いやぁ、魔法を使える後衛がいるっていいなぁ。魔物の情報を教えてもらえるのも助かる」

「役に立てたならよかったわ」

嬉しそうな二人に、私は笑顔を向ける。

森の中にあるダンジョンはとても広く、レベル上げを目的とした狩りだと魔物がどこにいるか探すことも、重要な役割の一つになってくる。

――このスキル、思った以上に使いどころがあるわね。

大きな岩に背中を預けて、私たちは休憩することにした。鞄《かばん》から水を取り出して喉を潤し、二人と仲良くなるために雑談をしようかと考える。

いきなり魔法陣のことを知っているか聞くのは怪しまれるかしら……？

「ねえねえルリ、どうして私たち二人に声をかけたの？」

「え？」

話す内容を考えていたら、向こうから話を振ってきた。

「だって、どっちかっていうと……人間はあんまり他種族と関わらない人が多いじゃない？　もちろん、そんなこと気にしない人もいっぱいいるけどさ」

ああ、人間がいないパーティに声をかけたから、それが不思議だったのね。

人間は特に魔族を嫌う人が多かったりと、他種族からはあまり快く思われていない部分が多いのかもしれないわ。

交流できる言葉があるのだから、どうしてそんな勿体《もったい》ないことをするのかしら。

「私は確かに人間だけど……せっかく言葉が通じるのに、種族が違うという理由で好ましくないなんて、そんなことは思わないわ。他種族のことも、もっと理解したいと思うもの」

「ルリ……めっちゃいい子！」

私の言葉に感動したらしく、えへへへとはにかんだ笑顔をこちらに向けてくれた。

「ねえねえ、シュートは何かルリに聞きたいこととかないの？　どうせなら、いっぱい話してお互いのことをもっと知りたいじゃん！」

「おいおいココナ、そんながつがついったらルリがびびるだろ。お前と違って、お淑《しと》やかなお嬢様タイプなんだから」

「あー、そんな酷いこと言って!!」

アーチャーでエルフのココナはムードメーカーで、どんなことでも楽しそうに受け入れてくれる。そんな彼女の世話をやくのが、相方のシュート。

——なんだか見ていて飽きない二人ね。

「私はそうだなぁ、やっぱり美味《おい》しい料理とかにも興味あるかも！　前にシュートの村に行くからってタンジェリンに行ったけど、どこか野性味溢《あふ》れるご飯だったし……？」

「それは作り手の腕にもよるだろうが！　まあでも、確かに人間の国の方が食堂は多かったかな？」

「ねえねえ、ルリはどう思う？」

食に関する話題は種族共通のようで、思わずくすりと笑う。

「アプリコットに行ったときも、ご飯は美味しかったわよ？」

「あ〜！　アプリコットは行ったことないんだよねぇ。そっか、ご飯が美味しいならいつか行ってみたいな」

私がアプリコットのことを伝えると、ココナは口元を拭う動作をしてシュートを見る。二人が行くことは決定事項なんだろう。

「なんだか二人を見てると楽しいわ。私の友人にもエルフがいるんだけど、明るくてとってもいい子なの。ココナと一緒にいると、会いたくなっちゃう」

「そうなの？　エルフってあんまり村から出ないから、そうそう旅先で会えないんだよね」

確かに、言う通りエルフはあまり見かけない。どちらかといえば獣人の方がよく見かけるし、パーティを組まないかと声をかけられることも多い。

これは……エルフのことをいろいろ質問できるいい機会かもしれない。

「ココナは冒険者になるために村から出てきたの？」

「うん、そうだよ！　村から出るエルフってあんまりいないから、両親に反対されちゃって少し喧《けん》嘩《か》になったんだよね」

「それは……大変だったわね」

「三日三晩説得したんだよ！　あのときほど大変なことはなかったなぁ」

思い返しただけでも辛《つら》いと、ココナが手で顔を覆う。

「それに……あんまり会いたくないエルフもいるし」

「会いたくない？」

ふいに発せられた彼女の言葉に、私は動揺を隠すように落ち着いた声で理由を尋ねる。

ココナは少し考え込みながら、うーんと唸《うな》った。

「なんて言えばいいのかな……私もそんなに詳しくないんだけど、エルフって村持ちと村なしがいるんだよね。私はエルフの村で生まれたから、村持ち。で、はるか昔にエルフの村から出てった人たちがいて……その人たちは村なし」

「その人たちは、人間の街とか、そういうところで暮らしてるエルフっていうこと？」

「そうそう。まあ、だから何かあるのかって言われたら、別に喧嘩してるわけでもないし……何があるわけでもないんだけどさ。強いて言うなら、まったく関わりがないってことかなぁ」

私たちが探している大樹の民は、その村なしのエルフの一部だろう。

大樹の民だったらココナのように明け透けに話したりしないだろうから、ココナは白。またほかのエルフを見つけて、近づいてみよう。

私がそんなことを考えていると、ココナは「でも」と話を続けた。

「私はまったく関係ないんだけどさ、なんかたまに話しかけても暗い雰囲気のエルフがいるの。たぶんそのエルフたちが、村なしなんだと思うよ」

ココナ曰《いわ》く、決定的な理由はないけれど……大自然の村の中で、みんなで協力して生活するエルフはみんな協力的で明るい性格だからだと教えてくれた。

ルーシャも明るくて社交的だし、とても話しやすかったことを思い出す。

「あとは……ほかのエルフの村に行ったこともあるけど、みんな歓迎してくれていいエルフだったからね。だから、なんとなく……ね」

「あー、そういえばこの間、ココナが話しかけても無視したエルフがいたな。でも、ココナの勘ってことだろ？」

どうやら村なしのエルフに心当たりがあったようで、シュートが思い出したように告げた。

「そうだよ！　だから真に受けてそのクラーラっていうエルフに変なこと言ったりしないでよ!?」

「しねぇよ!!」

——大樹の民の、一番の候補かしら。

これは狩りが終わったら蓮と情報交換をして、そのままクラーラのことを調べるのがいいかもしれない。

もちろん大樹の民ではないかもしれないけれど、なんらかの手掛かりを摑める可能性はある。

「っと、そろそろ狩りを再開するか。じゃないと、帰りが遅くなっちまう」

「うん。ごめんねルリ、エルフの微妙な話になっちゃって……」

「気にしてないわ。むしろ、貴重な話が聞けてよかったくらいだもの。さあ、もうひと頑張りしちゃいましょう」

「「おー!!」」

◆　◆　◆

大樹の民である可能性が高いエルフ――クラーラ。

その人物が酒場から出たので、私と蓮も会計をしてその後を追う。尾行していることがバレないように、一定の距離を空けて。

小さな声で、蓮が私に話しかけてきた。

「るり、宿に戻っていいよ。あとは僕が追いかけるから」

「彼女がどこに行くかだけでも確認しておきたいわ。それから戻るくらいなら、大丈夫だから」

「わかった」


大樹の民と思わしきエルフは、二〇代半ばほどに見える女性だ。

ボブスタイルの茶色の髪から覗《のぞ》く長い耳と、水色の瞳。外見は大人しそうに見えるけれど、一人酒場で食事をするくらいだから強気な性格かもしれない。


「彼女が泊まっている宿は……反対方向よね？」

どこに行くのかしら。

「確かにそうだけど……冒険者だと、宿を変えたりすることもあるだろ？　まだわからないよ」

「そうね。魔法陣の研究施設にでも行ってくれたらいいんだけど」

さすがにそこまで都合のいい展開なんてないかしら。

それこそ、漫画の主人公でなければ無理かもしれない。

「るり、こっちの方向には何があるかわかる？」

「え？　そうね……スラムがあって、その先は街を囲む防壁があったはずよ」

頭の中で街の地図を思い描き、同時に彼女は一体どこへ向かっているのかと疑問が浮かぶ。この先には宿なんてないし、飲食店もあまりない。

あとは小さな道具屋くらいならあるかもしれないけれど、もう夜も遅い時間。

身につけているものも粗末ではないから、実はスラムで暮らしている……なんていうことも、ありえない。

となると、考えられることはそう多くない。

「スラムに用事があるとしたら……穏やかではないわね」

「でも、その先には何もない。これはもしかしてもしかしなくても、ビンゴかな？」

「そうね、ちょっと気合を入れて追跡しないと。【サーチ】」

スキルを使って、クラーラの位置を把握する。

もし彼女が誰かと接触したらすぐにわかるので、様子を見るにはちょうどいい。

クラーラの後をこっそりつけていくと、スラムへ足を踏み入れた。彼女は薄汚れた外套《がいとう》を羽織り、フードをかぶって自分の身綺麗《みぎれい》さを隠した。

ああそうか、私たちがこの格好のままスラムに行ったら目立ってしまう。そうすれば、私たちが同時刻スラムにいたこともクラーラに伝わってしまうだろう。

それはよくない。

「……今はここまでにしましょう、蓮。私のサーチを使って、彼女がどこへ行くかだけ確かめて終わりましょう」

ろくな準備もなしに動くのは得策ではないからと言うと、蓮はすぐに頷《うなず》いた。

「ポーション類やアイテムはいろいろ用意したけど、さすがにぼろい服は用意してなかったもんね」

「荷物もかさばるから、予備の服もそう持てないものね」

「……外にいるのも目立つから、あそこの小さな酒場に入ろうか」

蓮の指差した先にあったのは、二階建てで一階部分が酒場になっている小さな店だった。中からは賑《にぎ》やかな声がしているので、繁盛しているみたいだ。

スラムの入り口付近にいるよりは、ずっとよさそう。それに、蓮にご飯も食べてもらいたいしと考える。

「そうしましょう。ここなら彼女がスラムから移動を開始しても、すぐ動けそうね」

蓮の後に続いて酒場に入り、炭酸水といくつかの食べ物を注文する。

私はサーチスキルでクラーラの様子を見張って、蓮は今のうちに食事。少しだけ疲れてきたけれど、もし彼女が黒ならここで行き先をしっかり把握しておきたい。

蓮に気づかれないようにそっと目を擦《こす》り、炭酸水を飲んで思考をクリアにする。

それから一〇分と少し。

運ばれてきた料理を食べながらクラーラのことを見ているけれど、誰かが彼女に近づく様子はない。

「うーん……防壁まで、誰とも接触なしね。防壁にも誰もいないし、もしかしたら伝言板みたいなものでもあるのかし……ら……え？」

「るり？」

この街は、ぐるりと防壁が囲んでいて、その入り口は東西南北にそれぞれ一つずつある。魔物や野生動物の侵入を防ぐため、門番として兵士が立ち人の出入りも管理されている。

スラムがある場所は南西にあって、街から出る門はない。

なのに……サーチが示す彼女の位置は、この街の防壁よりも外！

「外へ出る抜け道があるということかしら……？」

つまり、彼女は誰にも知られることなく、街の外へ行きたかったということだ。

「蓮、すぐにお店を出るわ！」

「え？　わ、わかった」

財布を出して会計を済ませて、すぐに外へ出る。蓮には歩きながら今のことを説明して、街の外へ出るための門を目指す。

もしかしたら、本当に大当たりかもしれない……！

街から外に出てすぐ、私たちは南西の方向へ向けて進み始めた。

周囲は草原になっていて、一時間弱ほど歩くと森がある。門からは道が続いていて、馬車が二台ほど走れるように整備されている。

夜なので門から離れれば歩いている人もいないので、私たちの姿も目撃されず好都合。

「……クラーラが目指していた場所は、街の外だったっていうことか……。でも、この周囲には建物なんてなかったと思うんだけどなぁ」

「そうね。こんな遅い時間にほかの街や村に行くことはないでしょうし、そもそも徒歩だと行ける距離が——彼女のマークがサーチから消えたわ」

「えぇっ!?」

突然のことに驚いたけれど、ある意味納得のいく結果でもある。

「大丈夫、場所はちゃんと覚えてるから」


サーチからマークが消えるという現象は、今のところ三パターンの確認をしている。

一つ目は、その対象が死ぬこと。

二つ目は、ダンジョンに入る、もしくは外に出ること。

三つ目は、ダンジョンで階層移動をしたとき。

もしかしたらほかにもパターンはあるかもしれないけれど、これくらいしか把握していない。

クラーラが消えたのは、死んだか、ダンジョンに入ったか……このどちらかの可能性が高い。素性のことを考えたら、ダンジョンに入ったのでしょうね。

わざわざ蓮に、彼女が死んだかもしれない……なんて伝える必要もない。

「おそらく、ダンジョンに入ったんだと思うわ。大樹の民がこっそり入るダンジョンなんて、怪しさ満点じゃない？」

「でも、ギルドでこの周囲のダンジョンは全部教えてもらったけど、あんなところにダンジョンなんて——あ」

なかったと、蓮はそう言いたかったのだろう。

けれどもう一つの可能性に気づいて、口を噤《つぐ》んだ。それは私も考えていたことなので、頷くことで同意見であることを伝える。

「国に公表していないダンジョンでしょうね。入り口を工夫しておけば、誰かに見つかる可能性は低いでしょうし……隠れ家として使うなら、もってこいだわ」

「……もしかしたら敵のアジト、かもしれないんだよね。慎重に進もう」

蓮が警戒を高めて、私よりも一歩先を歩く。

何か危険がありそうなとき、蓮は絶対に私を先に行かせない。後衛だからという理由もあるかもしれないけれど、こういう役目は進んで引き受ける。

それがいつか身を滅ぼさないか、少し心配でもある。

……まあ、勇者の蓮からしたら、そこまで大変なことではないのかもしれないけれど。それでも、未知の場所へ行くのは怖いだろうと思う。

私もしっかり蓮を支えないと！

「るり、そろそろ？」

「そうね。あの石が三つあるところから……だいたい一〇歩くらい右に進んだところ。そこで彼女のマークが消えたわ」

「わかった。先に確認するから、るりは少し待ってて」

蓮は私が言った通り、一〇歩の位置で止まった。こちらから見るとただの草原だけど、何かあるのかしら？

様子を見ていると、蓮がしゃがみ込んで薄く大きな石を持ち上げた。

「その石がダンジョンへの入り口を隠していたの？」

「うん。どけてみたら、下に降りる階段が出てきたよ」

「行ってみましょう！」

私は急いで蓮の下《もと》へ行き、階段を覗き込む。

残念ながら入り口は暗くてよく見えないけれど、埃《ほこり》などが溜《た》まっていないので日常的に使われているということがわかる。

階段の先の方はうっすら明るくなっているので、こちらがライトを使って見つかってしまうという最悪の事態は避けることができるはず。

「でも、中にいる人に見つかったら……」

「その危険はもちろんあるけれど、私たちが、『冒険者がたまたま見つけた未発見ダンジョン』に入ることに特別な理由はいらないわ」

それに、いつも広希にばかり頼ってしまっているから……自分で帰還への手掛かりを見つけたいという思いもある。

蓮ともそのことは話していて、同じ気持ちだということもわかっている。

「……そう、だね。危険もあるかもしれないけど、僕は勇者でるりはウィザード。レベルのことを考えても、簡単にやられたりはしない」

「ええ。この間のダンジョンでレベルも上がってスキルも増えたし……【ステータスオープン】」

ルリ・タカナシ
レベル：56
職業：ウィザード
攻撃：1
防御：60
命中：1
魔力：290＋9（装備）
回復：1
回避：1
スキル：言語習得（パッシブ）・ファイアー・ウォーター・ウィンド・アース・サーチ・パラライズ・魔力量向上（パッシブ）・魔法力向上（パッシブ）・魔力回復速度上昇（パッシブ）・ポイズ

ン

「これなら、たいていの魔物には勝てると思うし……対人間でも、負けはしない……と思うわ」

「最悪捕まったとしても、僕たちが二人でいれば逃げることもできそうだしね」

捕まっても、魔法で壁を破壊すれば簡単に逃げられる。

……でも、どうせなら新しいスキルはもう少し実用性のあるものだったら嬉しかったのに。ここ最近で覚えたスキルは、『魔力回復速度上昇』と『ポイズン』の二つ。

ポイズンは毒攻撃で、相手を毒状態にすることができる。

これはいいのだけれど、魔力回復速度が上がっても……元々なくならないほど魔力を有しているみたいで、ほとんど意味がない。

「次は……空を飛んだり、ワープしたり……そんな魔法スキルを覚えられたら便利なのに」

「それは確かに憧れちゃうね。もし覚えたら、僕も一緒に空の旅に連れてってよ」

「もちろん。二人で空を飛んで広希のところに行くのも楽しそうね」

「すごく驚いてくれそう」

いいねと言って、蓮が笑う。

それから蓮もステータスを出して、確認した。

レン・ワタナベ

レベル：56
職業：勇者
攻撃：157＋10（装備）
防御：100＋5（装備）
命中：45
魔力：1
回復：1
回避：50
スキル：言語習得（パッシブ）・攻撃力向上（パッシブ）・防御力向上（パッシブ）・自己治癒力向上（パッシブ）・ヘイト・剣技力向上（パッシブ）・一閃《いっせん》斬り・聖剣の加護

「僕はやっと攻撃スキルを覚えたから、戦闘でも活躍できそう」

「勇者様に期待ね」

蓮が覚えたスキルは、剣での強力な一撃『一閃斬り』と、剣に聖属性を付与する『聖剣の加護』の二つ。

聖剣の加護は、アンデッドなどの魔物へのダメージが上がる。ただ、この周辺にはアンデッドがいないので、まだ戦闘で使ったことはない。

「よし、それじゃあ中へ入ってみよう。何かあったらすぐ逃げるから、るりも注意してね」

「ええ」

私は蓮と違って運動神経がいいわけじゃないから、より注意していないと。

だいたい一階層分の階段を下りてみたけれど、ダンジョンの中はしんと静まり返っていた。大理石のようなつるりとした壁は、植物の彫刻が彫られている。

「普通なら、スライムの一匹くらいいるもんだけど……」

「……何もいないわね。【サーチ】」

魔物はもちろんだけれど、クラーラが入っていったのだから人がこのダンジョンにいることは間違いない。

——できるだけ早く位置を把握した方がいいものね。

「るりっ！」

「え……っ!?」

私がスキルを使ったからか、それともこのダンジョンに足を踏み入れたらそうなる仕組みになっていたのかはわからない。

でも、一つだけわかることがある。

このダンジョンが、大樹の民に関係があるということ……！

「蓮、逃げれる!?」

「無理だ、足が地面から引っ張られて動かない！　るりは？」

「私も同じみたい」

私と蓮の真下には――いきなり浮かび上がってきた魔法陣。

淡い光を発するそれは、ずっと私たちが求めていた手掛かりだ。けれど最悪なことに、今その魔法陣に捕らえられようとしている。

蓮は動けないから攻撃したりスキルを使えないかもしれないけど……私の魔法だったら、使うことが可能じゃない？

そう判断した私は、魔法陣に向かって杖を向ける。

「床ごと切り裂いたらどうかしら……【ウィンド】！」

風の魔法が私の手から放たれて、床に描かれた魔法陣を切りつけたのだけれど――発動した魔法は床に傷一つつけることなく、魔法陣の中に吸い込まれてしまった。

「私の魔法スキルが……吸収された？」

自分のレベルとステータスの魔力値を思い浮かべて、ぞっとした。

たとえ何かあっても力でねじ伏せられると考えた私が愚かだった……！　広希の役に立ちたいからと、疲れも取らずに無茶《むちゃ》をした報いか……。

魔法陣の光は増して、私と蓮を包み込むようにぐんぐん伸びてくる。

「るり！」

「蓮……っ！」

互いに名前を呼んで手を取ろうとするが、それより先に魔法陣の光が鎖になって私と蓮の体に巻きついた。

どうにか体を動かそうとしてみるが、絡みつく鎖はびくともしない。

「ぐ、ぐぐ……っ！　駄目だ、体がうまく動かないのもあるけど、この鎖……かなり頑丈にできてて僕でも解《ほど》けない」

「魔法も力も効かないなんて、いったいどれほどすごい魔法陣なのかしら」

どれだけ強ければ、この魔法陣に抗《あらが》えるのか。

嫌な汗が背中にじわりと広がるのを感じながら、私と蓮は魔法陣の中に引きずり込まれた――。

番外編　双子の姉妹

アプリコット大陸にある魔王城では、盛大なパーティーの準備がなされていた。魔族たちはみんな浮かれていて、そわそわと落ち着きがない。

その中でもひときわ目立っているのが、魔王と次期魔王となるドューイの二人だ。

二人は離れの塔に続く廊下の前でうろうろして、その扉が開くのを今か今かと待ちわびている。


「こらドューイ、落ち着かないか！　お前は魔王になるのだから、これしきのことで動揺するな！」

「そうは言っても……もうすぐ子供が生まれるんですよ!?　冷静でいられる奴《やつ》がいたら、頭が大丈夫かと聞いてやりたいくらいですよ！」

「まったく……」

今日は次期魔王であるドューイと、その妃《きさき》の子供が生まれる日だ。

もうすでに陣痛が来てから三時間ほど経過しており、ドューイは夫としてはもちろん、父親としても心配で仕方がないのだ。

どこか余裕ぶっている魔王……父親のことを、ドューイは睨《にら》みつける。

「そんな冷静な振りをしていますけど、父上だって気になって仕方がないくせに！」

「んな……っ！　わしは別に……というか、生まれたらお前の息子が次期魔王となり、お前が魔王になるのだぞ！　もっとしゃきっとせぬか!!」

これは別に孫の誕生にざわついているのではなく、ドューイが魔王となるから、その役目がしっかり果たせるのか心配しているのだという。

「ぐぬぬ……父上は頑固すぎではないですか？」

「そう言うお前こそ、もっと威厳を身につけないか！」

二人が火花を飛び散らせていると、すぐ後ろから「ドューイ？」と呼ぶ声がした。

「ん？　おお、クルスじゃないか」

ドューイは振り向いて呼んだ相手を確認すると、嬉《うれ》しそうに笑顔を見せた。

「子供がそろそろ生まれるって聞いたからね、様子を見に来たんだ。魔王様、ご無沙汰しております」

「わざわざ顔を出してくれたのか、感謝する」

クルスは魔王城にやってきた理由を説明し、魔王に挨拶をした。

そしてどうやらタイミングがぴったりだったようだと、クルスはまだ塔から出てきていない妃のことを考える。

「にしてもクルス、もう三時間も経《た》っているんだ……さすがに、何か危険があったんじゃないかと心配で心配で……」

「大丈夫だよ、ドューイ。子供を生むのは時間がかかることもあるし、別に異常じゃないよ」

「そ、そうか。そうだよな、きっとすぐ元気な子供が――」

「ふえええぇぇぇっ」

「——っ！　う、生まれたのか!?」

出産が行われている塔から聴こえてきた産声に、ドューイはあわわわわと声を出して震え始める。

どうすればいいかわからずに、高速で廊下を往復してしまう。

それには、クルスはもちろん魔王も苦笑するしかない。

「ちょっとドューイ、もう少ししっかりして。魔王様だっていらっしゃるんだから……」

落ち着くことも大事だと、クルスがドューイに指摘する。とはいえ、そんなことはドューイだってわかっているのだ。けれどできないから、困っている。

「とは言ってもだなぁ……ん？」

「あぁん、ふえぇっ」

「えぇぇんっ」

「え？」

「……何？」

——聞き間違い、だろうか。

その場にいた三人はそう思ったけれど、互いの反応を見ていればそんなことはないことがわかる。

「これは、いったいどういうことだ……？」

まず口を開いたのは、魔王だ。

「次期魔王の第一子といえば、必ず魔力の強い男子が一人生まれると古来より決まっておる。双子などと、そんな不吉の象徴のような赤子が生まれるなんて……ありえるはずがない」

淡々とした魔王の説明に、ドューイとクルスは口を噤《つぐ》む。


そう、魔王が告げたように……代々魔王となる子供は、必ず第一子の長男として生まれてきているのだ。それはドューイや魔王も例外ではない。

双子は昔から災いの象徴というような言い方をされているし、それが女児であるなんて……魔王としての器を持っているはずもない。


しばし三人の間に沈黙が流れたが、すぐにそれを破るかのごとく出産が行われていた塔のドアが勢いよく開いた。

「ドューイ様!!」

出てきたのは妃の侍女で、出産前から寝る間も惜しまず付き添っていてくれた魔族だ。彼女は顔面蒼白《そうはく》で、唇が震えている。

けれど、何かを伝えるために塔から出てきたのもわかる。ドューイの名を呼んで取り乱していることから、妃か生まれた子供に何か問題があったことがわかる。

しかしすでに、不吉とされている双子の産声《うぶごえ》を聞いてしまった。ドューイだけならば問題ないが、父が知ってしまったらどういった対処になるかがわからない。

ドューイは自分一人がまず様子を見て、穏便に事を済ませてから父とクルスを塔に呼びたいと思ったが……現役の魔王に勝てる術《すべ》はなく。

「わしが確認する!!」

「父上っ!? これは我と妻の問題です、まずは我に確認をさせてください!」

「ならぬ! 子供は次期魔王となるのだから、わしが確認することにいったいなんの問題があるというか!」

魔王は焦るドューイのことを押し退《の》けて、侍女の「お待ちください」という声も聞かずに塔の中へと足を踏み入れていく。

部屋の中でまず目に入ったものは、出産を終えてぐったりしている妃の姿。そして……助産師にとりあげられた二人の赤子の――女児。

それを見た瞬間、魔王は頭にカッと血が上ったかのごとく声を荒らげた。

「双子というだけでもありえないのに、まさか女児だと!? これに魔大陸を支えることなぞできん、殺してしまえ!!」

「ひぃぃっ!」

魔王の威圧を受けた女性がみな、腰を抜かしてその場に座り込む。生まれたばかりの赤ん坊は声をあげて泣き、この場の空気を感じ取った。

魔王は腰に差していた剣を抜き、赤ん坊へと突きつけ――

「おやめください、父上!!」

すんでのところで、ドューイが止めに入る。決して我が子を傷つけさせるわけにはいかないと、自分の愛剣を使って父の攻撃を阻止したのだ。

「ドューイ、いくら息子といえどこればかりは譲れぬぞ!! 双子で、しかも女児に! 次期魔王が務まるわけがないだろう!!」

「そうだとしても、我の娘です! こんなに小さく、まだ弱い。助け、見守らなければいけない我らが、どうしてその命を奪うのですか!!」

ドューイは精一杯の気持ちを魔王に主張するが、その冷たい表情を見る限り微塵《みじん》も伝わってはいないのだろう。

「……父上、子供が生まれた瞬間……我が魔王になる約束でしたね。魔王として、我は二人の子供を守るということをここに宣言する!」

「お前……っ!」

「たとえ父上と戦ったとしても、我は子供を守るっ!」

双方が睨み合い、場の空気が震える。

二人は目をそらさず、こう着状態が続くも……二人が部屋に入ってきたクルスを見て、それは少し和らいだ。

「許可なく立ち入ってしまったことに関しては、謝罪します」

まずは頭を下げてから、クルスは赤ん坊を抱いたまま座り込んでしまった侍女を起き上がらせる。生まれたばかりの子供を放置しておくことはできないからと、そういう判断だ。

「ここは僕が収めておくから、みんなはすぐ休める場所に移動して。生まれた子供と、今起きていることに関しては内密に」

「あ……はい」

侍女はすぐに頷《うなず》き、震える足を叱咤《しった》しながら準備を進める。まずは二人の赤子を連れて、その後に妃の体を抱き上げて塔の部屋を出ていった。

ひとまずこれで先代となったらしい魔王と、ドューイが落ち着けるだろうと、そう思いほっとした。

代々魔王とは、第一子に長兄が生まれる。

その子供はとても強い魔力を秘め、この魔大陸を支えていくという役割を持つ。これは魔王と、その側近などごく一部の者しか知らない事実だ。

ゆえに、生まれたばかりの双子の女児は不吉だから殺してしまった方がいい……そう考えたのは、子供が生まれたことにより先代となってしまった魔王。子供からすれば、祖父にあたる。

そんな迷信めいた言葉に惑わされず、生まれた二人の娘を守り、愛し、育てたいと強い意志を持っているのが魔王となったドューイだ。

今まで何度か衝突はありつつも、仲はよかったドューイとその父。

しかし今、その二人の間に……決して埋まることのない、深い溝ができてしまった――。

◆◆◆

「ねぇねぇティトー！　可愛《かわい》いワイバーンが飛んでるよ！」

「えぇ？　ワイバーンなんて、どれも見た目は一緒じゃないの？」

窓のところで嬉しそうに自分の名前を呼ぶ妹に、ティトは呆《あき》れながらも返事をする。ワイバーンは毎日のように窓から見られるが、いつ見てもその姿は同じだ。

「もう、ティナったら。別に可愛いワイバーンなんていないじゃない」

「いるよ！　ほら、あの子は一回り小さいから……少し可愛いかな？　って」

「えぇぇ？　そんな些細《ささい》な変化、よく気づいたわね……」


生まれた二人の娘は、姉をティト、妹をティナと名付けられた。

ドューイが必死に守りながら、七年という歳月が流れ、二人はすくすくと成長していった。ただし、先代魔王との関係は変わらぬまま。

二人の娘は外出することなく、一日のほとんどを部屋の中で過ごした。

本来ならば退屈で暇かもしれないが、姉妹はとても仲がよく、むしろ二人で一緒にいられることを喜び、よしと思っている。

長い赤色の髪を二つに結び、どこか大人びているのがティト。

短い水色の髪を二つに結び、のほほんとしているのがティナ。


「そうだ！　ねえティト、新しいゲームをもらったの。見て見て～」

ティナは窓から離れて、引き出しからゲーム一式を取り出した。

「なあに？　魔界すごろくゲーム……って、持ってなかった？」

確かつい昨日も、ティトはティナと魔界すごろくゲームをして遊んだ記憶がある。はてと首を傾《かし》げると、ティナがくすくす笑いながら「違うよ」と言った。

「これはね、新しいやつなの！」

「新しいやつ？　……あ、すごろくの内容が違うじゃない！」

「だいせいかい～！」

てっきり一パターンしかないと思っていたティトだが、確かに内容を変えれば違うゲームのように楽しむことができるだろう。

感心しながらすごろくを手に取り、ティトは時間を確認する。

「ゲームもいいけど……それより、もうすぐティータイムじゃない？」

ティトがそう言うと、ティナはぱぁっと表情を輝かせた。口元が嬉しそうに弧を描いて、そわそわしている。

どうやら、ティナの意識は簡単にゲームからティータイムへ切り替わってしまったようだ。

「わたし、今日はスコーンを食べたいってお願いしたの！」

「あ、ずるいわ！　いつの間にリクエストしてるのよ……」

「だーいじょうぶ！　ちゃんと、ティトの好きな苺《いちご》ジャムも一緒にってお願いしてあるから」

少し拗《す》ねた様子のティトに、ティナは胸を張りどや顔で報告してくれる。だから今からティータイムの時間がとっても楽しみなのだ。

「んもう……なら、今日はわたしがティナのために紅茶を淹《い》れてあげる。スコーンに合う茶葉はどれがいいかしら」

ティトは紅茶が並んでいる棚の前に行って、どれにするか迷う。

渋みが少なくまろやかなものがいいけれど、クリームも一緒ならミルクティーにするのがいいかもしれない。

「ん～……」

「ねぇねぇティト、わたしはこれがいいな！」

「セイロン？　そうね、これにしましょう」

ティナが好きな紅茶を選び、ティトも問題ないのでその茶葉を手に取る。テーブルの上に置いておいて、あとはスコーンが来るのを待つだけだ。

「んふふ～楽しみ。でも、お父さまとお母さまとも一緒に食べられたらいいのになぁ」

「駄目よ、お父さまもお母さまも、とっても忙しいもの」

「うん……そうだね」

もちろん、ティナだって無理であることはわかっている。それでも一緒に……と思ってしまうのは、両親が二人をとても大切にしてくれているからだ。

だから、お茶を一緒に飲むくらい……と、我儘《わがまま》を言ってしまいたくなる。とはいえ無理だということはティナもきちんとわかっているので、駄々《だだ》をこねたりはしない。

しょんぼりしてしまったティナを見て、ティトはぎゅっと抱きしめる。

「わたしだけじゃ駄目なの？」

「そんなことないよっ！　ティトと一緒だって、すっごく嬉しいんだから」

ティナもぎゅううぅ～っとティトに抱きつき返して、花がほころんだような笑顔を向ける。

「それじゃあ、今日は二人だけのティータイムを楽しみましょう」

「うんっ！」

「新しいお花をお願いして、テーブルに飾りましょう。華やかなティータイムになるもの！」

「わぁ……素敵っ！」

しんみりした空気を吹き飛ばすように、ティトが手を叩《たた》いて提案する。ティナも嬉しそうにしているので、すぐに置いてあるベルを手に取り侍女を呼ぶ。

「早くしないとティータイムに間に合わなくなっちゃうもの」

「じゃあ、どんなお花がいいかもすぐに決めないとだね」

「そうね。ティナはどんなお花が……あら？　ベルを鳴らしたのに、誰も来ないの……？」

普段であれば、ベルを鳴らして数十秒後には侍女かメイドがノックをしてやってくる。けれど、今日に限ってはまったくその気配がない。

ただならぬ事態に、ティナとティトは顔を見合わせる。

「外の様子を確認したいけど、部屋からは勝手に出るなって言われているし……」

ティトがどうしようか考えていると、なんの前触れもなく勢いよく部屋の扉が開いた。

「ティト、ティナ!!」

「きゃっ……お、お父さま？」

「わ、びっくりした……」

突然の訪問にはとても驚いたが、部屋に入ってきた人物を見てティナとティトはほっと笑顔になるが……それは一瞬だけだった。

「がは……っ」

目の前の父ドューイが、血を流していたからだ。そのまま倒れ込み、ティトは慌ててドューイにしっかりしてと声をあげる。

「お父さま!?　どうして、こんな……っ！　どうし、あ、ポーション、ポーションが部屋に置いてあったはず……ティナ！」

「う、うんっ！」

何かあったときのために……そう言って常備していたポーションがある。それがあれば、すぐドユーイも元気になるはずだ。

でも——

「な、ない……っ！　ティト、ポーションがないよぉ……っ」

涙目になりながら必死で引き出しの中を探すティナの手はがくがくと震え、そのまま引き出しを引っ張り出してひっくり返した。

「そんな……」

落ちてきた小物類を見て、ティトは目を見開いた。だって間違いなく、ポーションはいつも今の引き出しにしまわれていたのに。

ティナが近くの違う引き出しを開けてみるが、そこにもポーションは入っていない。どうしたらいいかわからず、ティナは涙をいっぱいにためてティトとドューイを見る。

「だ、誰か人を……」

「はっ……大丈夫だ、ティト……それに、ティナ」

「「お父さま!!」」

浅い呼吸を繰り返しながらも自分たちの名前を呼ぶドューイに、ティナもすぐさま駆け寄った。

「……我はもう、無理だろう。いいか、ティト、ティナ……すぐ、緊急脱出通路から逃げ……るんだ。すぐ、追っ手が来る」

「え……っ!?」

ドューイの言葉に、ティナは驚き混乱する。頭の中では、どうして、なんで、いったい誰が？　と、わからないことがぐるぐるだ。

けれどティトは、ティナより幾分か冷静な部分が残っていた。

「……わかりました。お父さまの言う通りに、逃げます」

「そうか……いい子だ、ティト。ティナを頼む……ぞ？」

「……っもちろん、絶対、ぜったいに……わたしがティナを守ります！　だからお父さまも、お願いだから……死なないでっ」

「――ああ。行け、ティト」

その声を合図に、ティトはティナの手を引いて部屋にある暖炉の横へと走る。ここが、誰にも知られていない、この部屋から脱出するためのルートだ。

ティナは「え？　え？」と声をあげて、ティトとドューイを交互に見る。

「待ってティト、お父さまが……っ！」

「駄目よ、わたしたちはここにいちゃいけないの！　お爺《じい》さまに、殺されるもの……！」

「そ……んなぁっ」

ティナの顔は涙でぐしゃぐしゃになっていて、きっともう冷静な判断を下すことはできないだろう。姉の自分が守らなければと、ティトは逆に冷静さを取り戻していく。

「でも、このまま二人で逃げたら……お爺さまは……」

しかしそこまで考えて、今は逃げることに集中するのだとティトは首を振る。どうにかしてティナを逃がす……それが先決だ。

「大丈夫……わたしが絶対、ティナを殺させはしないんだから」

ティトは大きく息を吸い、開いた通路の先をまっすぐ見つめた。

◆　◆　◆

「……認識阻害の、魔道具？　この眼鏡が？」

「やー。それをつけていれば、ひとまず今のティト様だと思う人はいないはずだよ」

「そうなの……」

お店妖精の説明を聞いて、ティトはその眼鏡をかけてみる。するとどうだろうか、長い髪は短くなり、表情と顔つきが男のようになった。

念のため前髪を伸ばして髪をだらしなくすれば、誰もこの人物がティトだとは思わないはずだ。

「すごいわね。これなら……女だとも思われなさそう」

姿見の前でそう言い、いっそこの姿で魔王をしようとティトは決める。


魔王だった父ドューイと、先代魔王だった祖父が戦い命を落とした。

その原因は、ティトとティナについて。

ずっと争ってきたことに決着がなされたようにも思えるが、祖父の派閥の魔族はまだまだ健在だし、この先自分が直接狙われることもあるかもしれない。

それを考え、ティトは決断をした。

「わたしは……いいえ。われは、男だ」

はっきりとした声で告げ、ティトはお店妖精を見る。

「ティ――魔王様。僕は、魔王様の味方です」

「ありがとう、お店妖精。それじゃあ、われの魔王としての最初の命令を聞いてくれるか？」

「やー、なんなりと」

お店妖精の言葉に少しだけ頬《ほお》を緩ませ、ティトは命令を下す。

「われが魔力を喰《く》った娘……その者を、この大陸から追放しろ」

「やー、仰せのままに」

ティトの命令を聞き、すぐにお店妖精が姿を消す。きっと、すべて上手《うま》いことやってくれるだろうと思う。

一人きりになった自室で、ティトはソファへ深く座る。

「ティナの魔力はわたしが……われがスキルを使って喰ったから、魔王の子供だと気づく人はいないはず。あのときのショックで記憶もなくしてしまったみたいだし……これでいいのよね？」

たった一人の大切な双子の妹を思い出して、ティトの目元が熱くなる。けれど、もうすでに魔王となった身……そう簡単に、涙を見せたりはしない。

「あとは争いがなくなればいいが……どうすればいいか」

ティトのレベルは1と低く、力でほかの魔族たちをどうこうすることは不可能。それならばいっそ、駄目で駄目な魔王になってみるのはどうだろうか。

それも一つの手だろうか。

「そういえば、城にはティナの好きだったゲームがたくさんあったな」

毎日ゲームをして遊んで暮らし、働かなければいい。そうすれば、周囲が魔王を見る目も変化していくかもしれない。

そんなことを考えながら、ティトはこれからの未来のために自分の気持ちを呑《の》み込《こ》んだ。

完全回避ヒーラーの軌跡

Character Design

イシュメル

ルチア

アナ

アグリル

ルーシャ
（新衣装）

MFブックス

完全回避ヒーラーの軌跡 5

2019年10月25日 初版第一刷発行

著者 ぷにちゃん
発行者 三坂泰二
発行 株式会社KADOKAWA
〒102-8177 東京都千代田区富士見2-13-3
0570-002-001(ナビダイヤル)
印刷・製本 株式会社廣済堂
ISBN 978-4-04-064119-5 C0093

企画 株式会社フロンティアワークス
担当編集 福島瑠衣子(株式会社フロンティアワークス)
ブックデザイン Pic/kel(鈴木佳成)
デザインフォーマット ragtime
イラスト 匈歌ハトリ

本シリーズは「小説家になろう」(https://syosetu.com/)初出の作品を加筆の上書籍化したものです。
この作品はフィクションです。実在の人物・団体・事件・地名・名称等とは一切関係ありません。

ファンレター、作品のご感想をお待ちしています

宛先
〒102-0071 東京都千代田区富士見2-13-12
株式会社 KADOKAWA MFブックス編集部気付
「ぷにちゃん先生」係 「匈歌ハトリ先生」係

二次元コードまたはURLをご利用の上
右記のパスワードを入力してアンケートにご協力ください。

https://kdq.jp/mfb
パスワード
5wfyz

● PC・スマートフォンにも対応しております(一部対応していない機種もございます)。
●お答えいただいた方全員に、作者が書き下ろした「こぼれ話」をプレゼント!
●サイトにアクセスする際や、登録・メール送信時にかかる通信費はご負担ください。